本色文丛·柳鸣九　主编

向书而在

——陈众议散文精选

陈众议／著

海天出版社（中国·深圳）

图书在版编目（CIP）数据

向书而在：陈众议散文精选 / 陈众议著. —深圳：
海天出版社，2017.7
（本色文丛）
ISBN 978-7-5507-2008-4

Ⅰ.①向… Ⅱ.①陈… Ⅲ.①散文集—中国—当代
Ⅳ.①I267

中国版本图书馆CIP数据核字（2017）第120650号

向书而在
XIANGSHUERZAI

深圳出版发行集团
海天出版社

出 品 人	聂雄前
责任编辑	林星海
责任技编	蔡梅琴
装帧设计	深圳斯迈德设计 Smart 0755-83144228

出版发行	海天出版社
地　　址	深圳市彩田南路海天大厦（518033）
网　　址	www.htph.com.cn
订购电话	0755-83460397（批发）　0755-83460397（邮购）
印　　刷	深圳市新联美术印刷有限公司
开　　本	787mm×1092mm　1/32
印　　张	8.5
字　　数	140千
版　　次	2017年7月第1版
印　　次	2017年7月第1次
定　　价	35.00元

　　陈众议，1957年生于浙江省绍兴市，文学博士，现任中国社会科学院外国文学研究所所长、研究员，并兼中国外国文学学会会长、中国译协副会长、中国作协全委，第十四届全国政协委员。

　　主要著作有《拉美当代小说流派》《加西亚·马尔克斯评传》《博尔赫斯》《西班牙文学"黄金世纪"研究》《塞万提斯学术史研究》等。另有《游心集》《亲爱的母语》《生活的意义》《想象的边际》及长、中、短篇小说若干。

总序：学者散文漫议

◎ 柳鸣九

"本色文丛"现已出版三辑，共二十四种书，在不远的将来，将出齐五辑共四十种书。作为一个散文随笔文化项目，已经达到了一定的规模，也大致上形成了自己的特色：一是以"有作家文笔的学者"与"有学者底蕴的作家"为邀约对象，而由于我个人的局限性，似乎又以"有作家文笔的学者"为数更多；二是力图弘扬知性散文、文化散文、学识散文，这几者似乎可统称为"学者散文"。

前一个特点，完全可以成立，不在话下，你们邀哪些人相聚，以文会友，这是你们自家的事，你们完全可以采取任何的称呼，只要言之有据即可。何况，看起来的确似乎是那么回事。

但关于第二个特点，提出"学者散文"这个概念本身就是易于带来若干复杂性的问题，要说明清楚本就不容易，要论证确切更为麻烦，而且说不定还会有若干纠缠需要澄清。所有这些，就不是你们自己的事，而是大家关心的事了。

在这里，首先就有一个定义与正名的问题：究竟何谓"学者散文"？在局外人看来，从最简单化的字面上的含义来说，"学者散文"大概就是学者写的散文吧，而不是生活中被称为"作家"的那些爬格子者、敲键盘者所写的散文。

然而实际上，在散文这个广大无垠的疆土上活动着的人，主要还是被称为作家的这一个写作群体，而不是学者。再一个明显的实际情况就是，在当代中国散文的疆域里，铺天盖地、遍野开花的毕竟是作家这一个写作者群体所写的散文。

那么，把涓涓细流的"学者散文"汇入这个主流，统称为散文不就得了嘛，何必另立旗号？难道你还奢望喧宾夺主不成？进一步说，既然提出了"学者散文"之谓，那么，写作者主流群体所写的散文究竟又叫什么散文呢？虽然在中外古典文学史中，甚至在20世纪前50年的中国文学界中，写散文的作家，大多数都同时兼为学者、学问家，或至少具有学者、学问家的素质与底蕴。只是在近半个多世纪以来的中国文学界中，同一个人身上作家身份与学者身份互相剥离，作家技艺与学者底蕴不同在、不共存的这种倾向才越来越明显。我们注意到这种现实，我们尊重这种现实，那么，且把近半个多世纪以来由纯粹的作家（即非复合型的写作者）创作的遍地开花的散文作品，称为"艺术散文"，可乎？

似乎这样还说得过去，因为，纯粹意义上的作家，都是致力于创作的，而创作的核心就是一个"艺"字。因此，纯粹意义上的作家，就是以艺术创作为业的人，而不是以"学"为业的人，把他们的散文称为艺术散文，既是一种应该，也是一种尊重。

话不妨说回去，在我的概念中，"学者散文"一词其实是从写作者的素质与条件这个意义而言的。"素质与条件"，简而言之，就是具有学养底蕴、学识功底。凡是具有这种特点、条件的人，所写出的具有知性价值、文化品位与学识功底的散文，皆可称"学者散文"。并非强调写作者具有什么样的身份，在什么领域中活动，从事哪个职业行当，供职于哪个部门……

以上说的都是外围性的问题，对于外围性的问题，事情再复杂，似乎还是说得清楚的，但要往问题的内核再深入一步，对学者散文做进一步的说明，似乎就比较难了。具体来说，究竟何为"学者散文"？"学者散文"究竟具有什么特点？持着什么文化态度？表现出什么风格姿态？敝人既然闯入了这个文艺白虎堂，而且受托张罗"本色文丛"这个门面，那也就只好硬着头皮，提供若干思索，以就教于文坛名士才俊、鸿儒大家了。

说到为文构章，我想起了卞之琳先生的一句精彩评语，那时我刚调进外文所，作为他的助手，我有机会听到卞公对文章进行评议时的高论妙语。有一次他谈到一位年轻笔者的时候，用幽默调侃的语言评价说："他很善于表达，可惜没什么可表达的。"说话风趣幽默，针砭入木三分。不论此评语是否完全准确，但他短短一语毕竟道出了为文成章的两大真谛：一是要有可供表达、值得表达的内容，二是要有善于表达的文笔。两者缺一不可，如果两者具备，定是珠联璧合的佳作。这个道理，看起来很简单、很朴素，甚至看起来算不上什么道理，但的的确确可谓为文成章的"普世真理"、当然之道。对散文写作，亦不例外。

就这两个方面来说，有不同素养的人、有不同优势与长处的人，各自在不同的方面肯定是有不同表现的，所出的文字，自然会有不同的特点与风格。一般来说，艺术创作型的写作者，即一般所谓的作家，在如何表达方面无一不具有一定的实力与较熟练的技巧。且不说小说、诗歌与戏剧，只以散文随笔而言，这一类型的写作者，在语言方面，其词汇量也更多更大，甚至还能进而追求某种语境、某种色彩、某种意味；在谋篇布局方面，烘托铺垫、起承转合、舒展伸延、跌宕起伏、统筹安排、井然有序。所有这些，在中华文章之道中本有悠久传统、丰富经验，如今更是轻车熟路，掌握自如；在描写与叙述方面，不论是描写客观的对象还是自我，哪怕只是描写一个细小的客观对象，或者描写自我的某一段平常而普通的感受，也力求栩栩如生、细致入微，点染铺陈，提高升华，不怕你不受感染，不怕你不被感动；在行文上，则力求行云流水，妙笔生花，文采斐然，轻灵跃动；在阅读效应上，也更善于追求感染力效应的最大化，宣传教育效应的最大化，美学鉴赏效应的最大化。总而言之，读这一种类型的散文是会有色彩缤纷感的，是会有美感的，是会有愉悦感的，而且还能引发同感共鸣，或同喜或同悲，甚至同慷慨激昂、同心潮澎湃……

我以上这些浅薄认识与粗略概括是就当代与学者散文有所不同的主流艺术散文而言的，也就是指生活中所谓的纯粹作家的作品而言的。我有资格做这种概括吗？说实话，心里有些发虚，因为我对当代的散文，可以说是没有多少研究，仅限于肤表的认识。

在这里，我不得不对自己在散文阅读与研习方面的基础，做出如实的交待：实事求是地说，20世纪前50年的散文我还算读过不少，鲁迅、茅盾、谢冰心、沈从文、朱自清、俞平伯、老舍、徐志摩、郁达夫、凌叔华、胡适、林语堂、周作人等人的散文作品，虽然我读得很不全，但名篇、代表作都读过一些。这点文学基础是我从中学教科书、街上的书铺、学校的图书馆，以至后来在北大修王瑶的中国现代文学史期间完成的。在大学，念的是西语系，后又干外国文化研究这个行当，从此，不得不把功夫都用在读外国名家名作上面去了。就散文作品而言，本专业的法国作家作品当然是必读的：从蒙田、帕斯卡尔、笛卡尔、伏尔泰、狄德罗、卢梭，到夏多布里盎、雨果、都德，直到20世纪的马尔罗、萨特、加缪等。其他专业的作家如英国的培根、德国的海涅、美国的爱默生、俄国的屠格涅夫等人的作品，也都有所涉猎。但我对中国 20 世纪 50 年代以后的半个多世纪以来的散文随笔就读得少之又少了，几乎是一穷二白。承深圳海天出版社的信任，张罗"本色文丛"，这对我来说，实在是"专业不对口"，只是为了把工作做得还像个样子，才开始拜读当代文坛名士高手的散文随笔作品。有不少作家的确使我很钦佩，他们在艺术上的讲究是颇多的，技艺水平也相当高，手段也不少，应用得也很熟练，读起来很舒服，很有愉悦感，很有美感。

不过，由于我所读的中国现代文学中的散文名家，以及外国文学中的散文作家，绝大部分都是创作者与学者两身份相结合型的，要么是作家兼学者，要么就是我所说的"有学者底蕴的作家"，"近朱者赤近墨者黑"，耳濡目染，自然形成我对散文随笔中思想底蕴、学识修养、精神内容这些成分的重视，这样，不免对当代某些纯粹写作型的散文随笔作家，多少会有若干不满足感、欠缺感。具体来说，有些作家的艺术感以及技艺能力、细腻的体验感受，固然使人钦佩，但是往往欠于思想底气、学养底蕴、学识储蓄，更缺隽永见识、深邃思想、本色精神、人格力量，这些对散文随笔而言，恰巧是至关重要的东西。当然，任何一篇散文作品是不可能没有思想，不可能不发表见解的，但在一些作家那里，却往往缺少深度、力度、隽永与独特性。更令人失望的是，有些思想、话语、见识往往只属于套话、俗话甚至是官话的性质，这在一个官本位文化盛行的社会里是自然的、必然的。总而言之，往往缺少一种独立的、特定的、本色的精气神，缺乏一种真正特立独行而又具有普遍意义的人文精神。

以上这种情况已经露出了不妙的苗头，还有更帮倒忙的是艺术手段、表现技艺的喧宾夺主，甚至是技艺的泛滥。表现手段本来是件好事，但如果没有什么可表现的，或者表现的东西本身没有多少价值，没有什么力度与深度，甚至流于凡俗、庸俗、低俗的话，那么这种表现手段所起的作用就恰好适得其反了。反倒造成装腔作势、矫揉造作、粉饰作态、弄虚作假的结果。应该说，技艺的讲究本身没有错，特别是在小说作品中，乃至在戏剧作品中，是完全适用的，也是应该的，但偏偏对于散文这样一种直叙其事、直抒胸臆的文体来说，是不甚相宜的。若把这些技艺都用在散文中间的话，在我们的眼前，全是丰盛的美的辞藻，全是绵延不断、绝美动人的文句，全是至美极雅的感受，全是绝美崇高的情感……在我看来，美得有点过头，美得叫人应接不暇，美得叫人透不过气来，美得使人有点发腻。对此，我们虽然不能说这就是"善于表现，可惜没有什么好表现的"，但至少是"善于表现"与"可表现的"两者之间的不平衡，甚至是严重失衡。

平衡是万物相处共存的自然法则，每个物种、每个存在物都有各自的特点，既有优也有劣，既有长也有短，文学的类别亦不例外。艺术散文有它的长处，也必然有与其长处相关联的软肋。对我们现在要说道说道的学者散文，情形也是这样。学者散文与艺术散文，当然有相当大的不同，即使说不上是泾渭分明，至少也可以说是各有不同的个性。我想至少有这么两点：其一，艺术散文在艺术性上，一般的来说，要多于高于学者散文。在这一点上，学者散文是一个弱点，但不可否认，也是学者散文的一个特点。显而易见，在语言上，学者散文的词汇量，一般的来说，要少于艺术散文。至于其色彩缤纷、有声有色、精细入微的程度，学者散文显然要比艺术散文稍逊一筹；在艺术构思上，虽然天下散文的结构相对都比较简单，但学者散文也不如艺术散文那么有若干讲究；在艺术手段上，学者散文不如艺术散文那样多种多样、花样翻新；在阅读效果上，学者散文也往往不如艺术散文那么有感染力，能引起读者的悦读享受感，甚至引起共鸣的喜怒哀乐。其二，这两个文学品种，之所以在表现与效应上不一样，恐怕是取决于各自的写作目的、写作驱动力的差异。艺术散文首先是要追求美感，进而使人感染、感动，甚至同喜怒；学者散文更多的则是追求知性，进而使人得到启迪、受到启蒙、趋于明智。

这就是它们各自的特点，也是它们各自的长处与短处。这就是文学物种的平衡，这就是老天爷的公道。

讲清楚以上这些问题之后，我们再专门来说说学者散文，也许就会比较顺当了，我们挺一挺学者散文，也许就不会有较多的顾虑了。那么，学者散文有哪些地方可以挺一挺呢？

近几年来，我多多少少给人以"力挺学者散文"的印象。是的，我也的确是有目的地在"力挺学者散文"，这是因为我自己涂鸦涂鸦出来的散文，也被人归入学者散文之列，我自己当然也不敢妄自菲薄，这是我自己基于对文学史和文学实际状况的认知。

从文学史的发展来看，无论是中外，散文这一古老的文学物种，一开始就不是出于一种唯美的追求，甚至不是出于一种对愉悦感的追求；也不是为了纯粹抒情性、审美性的需要，而往往是由于实用的目的、认知的目的。中国最古老的散文往往是出于祭祀、记述历史，甚至是发布公告等社会生活的需要，如果不是带有很大的实用性，就是带有很大的启示性、宣告性。

在这里，请容许我扯虎皮当大旗，且把中国最早的散文文集《左传》也列为学者散文型类，来为拙说张本。《左传》中的散文几乎都是叙事：记载历史、总结经验、表示见解，而最后呈现出心智的结晶。如《曹刿论战》，从叙述历史背景到描写战争形式以及战役的过程，颇花了一些笔墨，最终就是要说明一个道理："夫战，勇气也。一鼓作气、再而衰、三而竭。"我不敢说曹刿就是个学者，或者是陆逊式的书生，但至少是个儒将。同样，《子产论政宽猛》也是叙述了历史背景、政治形势之后，致力于宣传这一高级形态的政治主张："政宽则民慢、慢则纠之以猛、政猛则民残、残则施之以宽。宽以济猛、猛之济宽、政是以和。"此一政治智慧乃出自仲尼之口，想必不会有人怀疑仲尼不是学者，而记述这一段历史事实与政治智慧的《左传》的作者，不论是传说中的左丘明也好，还是妄猜中的杜预、刘歆也罢，这三人无一不是学者，而且就是儒家学者。

再看外国的文学史，我们遵照大政治家、大学者、大诗人毛泽东先生的不要"言必称希腊"遗训，且不谈柏拉图与亚里士多德，仅从近代"文艺复兴"的曙光开始照射这个世界的历史时期说起，以欧美散文的祖师爷、开拓者，并实际上开辟了一个辉煌的散文时代的几位大师为例，英国的培根，法国的蒙田，以及美国的爱默生，无一不是纯粹而又纯粹的学者。说他们仅是"学者散文"的祖师爷是不够的，他们干脆就是近代整个散文的祖师爷，几乎世界所有的散文作者都是在步他们的后尘。只是后来由于各种复杂的历史原因，到了我们的现实生活里，才有艺术散文与学者散文的不同支流与风格。

这几位近代散文的开山祖师爷，他们写作散文的目的都很明确，不是为了抒情，不是为了休闲，不是为了自得其乐，而都是致力于说明问题、促进认知。培根与蒙田都是生活在欧洲历史的转变期、转型期，社会矛盾重重，现实状态极其复杂。在思想领域里，以宗教世界观为主体的传统意识形态已经逐渐失去其权威，"文艺复兴"的人文主义思潮与宗教改革的要求，正冲击着旧的意识形态体系，推动着历史的发展。他们都是以破旧立新的思想者的姿态出现的，他们的目标很明确，都是力图修正与改造旧思想观念，复兴人类人文主义的历史传统，建立全新的认知与知识体系。培根打破偶像，破除教条，颠覆经院哲学思想，提倡对客观世界的直接观察与以实验为基础的科学方法，他的散文几乎无不致力于说明与阐释，致力于改变人们的认知角度、认知方法，充实人们的认知内容，提高人们的认知水平。仅从其散文名篇的标题，即可看出其思想性、学术性与文化性，如《论真理》《论学习》《论革新》《论消费》《论友谊》《论死亡》《论人之本心》《论美》《说园林》《论愤怒》《论虚荣》，等等。他所表述所宣示的都是出自他自我深刻体会、深刻认知的真知灼见，而且，凝聚结晶为语言精练、意蕴隽永、脍炙人口的格言警句，这便是培根警句式、格言式的散文形式与风格。

蒙田的整个散文写作，也几乎是完全围绕着"认知"这个问题打转，他致力于打开"认知"这道门、开辟"认知"这一条路，提供方方面面、林林总总的"认知"的真知灼见。他把"认知"这个问题强调到这样一种高度，似乎"认知"就是人存在的最大必要性，最主要的存在内容，最首要的存在需求。他提出了一个警句式的名言："我知道什么呢？"在法文中，这句话只有三个字，如此简短，但含义无穷无尽。他以怀疑主义的态度提出了一个对自我来说带有根本意义的问题：对自我"知"的有无，对自我"知"的广度、深度和力度，提出了根本性的质疑；对自我"知"的满足，对自我"知"的权威，对自我"知"的武断、专横、粗暴、强加于人，提出了文质彬彬、谦逊礼让，但坚韧无比、尖锐异常的挑战。如果认为这种质疑和挑战只是针对自我的、个人的蒙昧无知、混沌愚蠢、武断粗暴的话，那就太小看蒙田了，他的终极指向是占统治地位的宗教世界观、经院哲学，以及一切陈旧的意识形态。如此发力，可见法国人的智慧、机灵、巧妙、幽默、软里带硬、灵气十足，这样一个软绵绵的、谦让的姿态，在当时，实际上是颠覆旧时代意识形态权威的一种宣示、一种口号，对以后几个世纪，则是对人类求知启蒙的启示与推动。直到20世纪，"Que sais‑je"这三个简单的法文字，仍然带有号召求知的寓意，在法国就被一套很有名的、以传播知识为宗旨的丛书，当作自己的旗号与标示。

在散文写作上，蒙田如果与培根有所不同，就在于他是把散文写作归依为"我知道什么呢？"这样一个哲理命题，收归在这面怀疑主义的大旗下，而不像培根旗帜鲜明地以打破偶像、破除教条为旗帜，以极力提倡一种直观世界、以科学实验为基础的认知论。但两人的不同，实际上不过是殊途同归而已，两人的"同"则是主要的、第一位的。致力于"认知"，提倡"认知"便是他们散文创作态度的根本相同点。值得注意的是，在他们的笔下，散文无一不是写身边琐事，花木鱼虫、风花雪月、游山玩水，以及种种生活现象；无一不是"说""论""谈"。而谈说的对象则是客观现实、社会事态、生活习俗、历史史实，以及学问、哲理、文化、艺术、人性、人情、处世、行事、心理、趣味、时尚等，是自我审视、自我剖析、自我表述，只不过在把所有这些认知转化为散文形式的时候，培根的特点是警句格言化，而蒙田的方式是论说与语态的哲理化。

从中外文学史最早的散文经典不难看出，散文写作的最初宗旨，就是认识、认知。这种散文只可能出自学者之手，只可能出自有学养的人之手。如果这是学者散文在写作者的主观条件方面所必有的特点的话，那么学者散文作为成品、作为产物，其最根本的本质特点、存在形态是什么呢？简而言之，就是"言之有物"，而不是"言之无物"。这个"物"就是值得表现的内容，而不是不值得表现的内容，或者表现价值不多的内容，更不是那种不知愁滋味而强说愁的虚无。总之，这"物"该是实而不虚、真而不假、厚而不浅、力而不弱，是感受的结晶，是认知的精髓，是人生的积淀，是客观世界、历史过程、社会生活的至理。

既然我们把"言之有物"视为学者散文基本的存在形态，那就不能不对"言之有物"做更多一点的说明。特别应该说明的是，"言之有物"不是偏狭的概念，而是有广容性的概念；这里的"物"，不是指单一的具体事物或单一的具体事件，它绝非具体、偏狭、单一的，而是容量巨大、范围延伸的：

就客观现实而言，"言之有物"，既可是现实生活内容，也可是历史的真实；

就具体感受而言，"言之有物"，是言之由具象引发出来的实感，是渗透着主体个性的实感，是情境交融的实感，特定际遇中的实感，有丰富内涵的实感，有独特角度的实感，真切动人的实感，足以产生共鸣的实感；

就主体的情感反应而言，"言之有物"，是言之有真挚之情，哪怕是原始的生发之情。是朴素实在之情，而不是粉饰、装点、美化、拔高之情；

就主体的认知而言，"言之有物"，首先是所言、所关注的对象无限定、无疆界、无禁区，凡社会百业、人间万物，无一不可关注，无一不应关注，一切都在审视与表述的范围之内。这一点固然重要，但更为重要的是，对关注与表述的对象所持的认知依据与标准尺度，是符合客观实际的，是遵循科学方法的。更更重要的是，要有独特而合理的视角，要有认知的深度与广度，有证实的力度与相对的真理性，有耐久的磨损力，有持久的影响力。这种要求的确不低，因为言者是科学至上的学者，而不是感情用事的人；

就感受认知的质量与水平而言，"言之有物"，是要言出真知灼见、独特见解，而非人云亦云、套话假话连篇。"言之有物"，是要言出耐回味、有嚼头、有智慧灵光一闪、有思想火光一亮的"硬货"，经久隽永的"硬货"；

就精神内涵而言，"言之有物"，要言之有正气，言之有大气，言之有底气，言之有骨气。总的来说，言之有精、气、神；

最后，"言之有物"，还要言得有章法、文采、情趣、风度……你是在写文章，而文章毕竟是要耐读的"千古事"！

以上就是我对"言之有物"的具体理解，也是我对学者散文的存在实质、存在形态的理念。

我们所力挺的散文，是"言之有物"的散文，是朴实自然、真实贴切、素面朝天、真情实感、本色人格、思想隽永、见识卓绝的散文。

我们之所以要力挺这样一种散文，并非为了标新立异、另立旗号，而是因为在当今遍地开花的散文中，艳丽的、娇美的东西已经不少了；轻松的、欢快的、飘浮的东西已经不少了；完美的、理想的东西已经不少了……"凡是存在的，必然是合理的"，请不要误会，我不是讲这些东西要不得，我完全尊重所有这些的存在权，我只是说"多了一点"。在我看来，这些东西少一点是无伤大雅、无损胜景、无碍热闹欢腾的。

然而相对来说，我们更需要明智的认知与坚持的定力，而这种生活态度，这种人格力量，只可能来自真实、自然、朴素、扎实、真挚、诚意、见识、学养、隽永、深刻、力度、广博、卓绝、独特、知性、学识等精神素质，而这些精神素质，正是学者散文所心仪的，所乐于承载的。

2016 年 9 月 20 日完稿

目录

CONTENTS

中　篇

下　篇

自序：向书而在

在微时代，在二次元、三次元"审美"时代，我的这个书名够古板。但是，我喜欢。

迄今为止，我人生的大多数时光都与书为伴：幼时被迫背书，儿时照例上学读书，少年则因"文革"失学而不得不窃书……一晃几十年过去，这世界终于使书变成了老古董。我自己又何尝不是？

博尔赫斯认为书是由中国人发明的。他这么说是认真的，毫不夸张。当然，他所说的书不包括泥板、贝叶和竹简，而是纸和印刷术发明之后的物事。他这个蠹书虫，一辈子待在图书馆里，晚年曾经这样写道："我一直都在暗暗想象，天堂该是图书馆模样。"呵呵！只可惜我们这个发明了书的民族已经繁衍出了千百万连《红楼梦》都死活读不下去的后人。对于这些后人，我无话可说。他们中不乏今朝有酒今朝醉、轻松潇洒走一回的"爽人"，也不缺直言不讳地奉"不劳而获""逢赌必赢"为座右铭的"屌丝"。但愿他们万事胜意！我这么说也是认真的，且毫无吃不到葡萄说葡萄酸的醋意。因为，曾几何时，我们的先人言必称"诗书传家"。所谓"人生无非积善，传家唯有读书"，或者"万般皆下品，唯有读书高"，如此等等。当然，我并不完全相信古人的说法，却不知咋的就把读书当成了生活方式。

此外，问题在于古人所谓的读书，关键还在一个"用"字，博取功名的敲门砖是也。"无用之用"实在只是极少数落寞文人的自我慰藉罢了。这样说来，我们或我们的先辈其实也不尽是为读书而读书的。况且那年代唯书可资"审美"，舍此其何？于是，我不得不扪心自问：你又何必责备后人、苛求来者？他们有他们的活法。再况且他们或他们的后人才是我们的评判者和终结者。

这是我等的命运、我等的幸福，也是我等的悲壮。

但这又何尝不是人类的矛盾？

海德格尔说过，人的最大悲哀是"向死而在"；用德里达的话说，则是"知死而生"。它恐怕也是我们有别于其他动物的显证之一，但这个显证恰恰是人类的悲催。

蒙前辈柳鸣九先生不弃，我撷取前前后后、凌凌乱乱"向书而在"的这些片言只语，编成这个集子，算是再为自己打一个分号。

最后，我还是要说，因为书，所以读；因为读，所以写；因为写，所以集。集而为书！

是为自序。

上　篇

崇高与渺小

我上学早，"文革"伊始已经读四年级了。后来匆匆告别学校，到山区插队，年仅15岁。恢复高考之前哩哩啦啦仅有八九年书龄，但学历证上明晃晃写着的，却是高中毕业。

老实说，我的小学是在浑浑噩噩中度过的，尽管老师的印象和儿时的记忆一直让我觉得自己颇有些天分；初中适逢"复课闹革命"，算是读了几本书；高中又得邓小平复出，也正经读书、背书、窃书，忙活了一阵。一晃就到了1974年初，是年于我不同寻常。一是因为父亲再次被打倒，二是因为我小小年纪、一点五米的个子就响应毛主席他老人家的号召"上山下乡"去接受贫下中农再教育了。我去插队，一小半是出于崇高，一小半是基于无奈，还有多一半是稀里糊涂。这与我后来出国留学（俗称"洋插队"）颇有几分相似，唯一的不同是好奇代替了无奈。

浙江多山，且植被丰厚。我所在的红雨公社自然是有山有水、青绿一片。"红雨"取自毛泽东诗词《送瘟神》"红雨随心翻作浪，青山着意化为桥"句。那地方原名双溪，因两江交汇而得名。初来乍到，葱郁神奇的自然和俊山秀水让我以为那是个世外桃源。其实，至今我仍视它为世外桃源，故而时不时还会冒出故地重游的冲动。

然而，当时的心境却有所不同，美景

我也有过 20 岁

很快被繁重的劳作和艰苦的生活催化成噩梦般的诅咒。尤其是那些乌云似的啮虫和遍地的蚂蟥、粪蛆、毒蛇……它们不易被觉察，却是无处不在。较之于它们，那些来自远古，甚至侏罗纪时代的老鼠、蟑螂和蚂蚁简直可以用"可爱"来形容呢。于是，青山绿水成了阿鼻地狱（或谓"红狱"，同"红雨"谐音）。清晨，我们在锣声中惊醒，跟着贫下中农或下地或上山，别说一天，半天就累个完死。每天傍晚，我都是在

青涩年代

找不着北的踉跄中鬼使神差般回到住地的。好在年轻，胃口贼大，红薯能吃一篮筐。也好在年轻，拆骨酸疼的躯体睡一觉居然还能在锣声中扒开眼皮、滚下床来，然后拿起锄头或镰刀或扁担，哼着红歌摸出门去。

早饭一般是在路上吃几个头天晚上剩下的煮红薯，而方便之类的事情则总是攒着等累得直不起腰时解决（合理的偷懒）。当然，中午会有小憩和用餐时间。生产队有专人制作午餐并送到田间地头。所谓的"午餐"也大多是红薯、玉米棒子一类。这且不说。

言归正传。我从小读过不少演义和《水浒传》《说岳全传》《北宋杨家将》《三侠五义》之类，自以为颇具几分豪气。什么路见不平拔刀相助，什么仗义疏财家国道义，装满了小脑袋瓜儿。但从军的念头被父亲扼杀了，再说和平年代，即使当兵也徒有一腔热血。因为我意念中的理想军人不是罗成、高宠，至少也是黄继光、董存瑞。既然不能生得伟大，至少也要死个光荣！这是过去的抱负和天真想法，不可谓不崇高。

但随着年轮的增长，回头想去，真正的崇高其实倒也简单，没有书里说的、戏里唱的那么高不可及、深不可测。譬如山区孩子淘气，也囿于穷，他们会成群结队围住远道而来的货郎担抢夺糖果，这时我会大声呵斥、驱赶他们。他们于是合伙整我，巫蛊一般。他们趁我出工时往我柴禾里拉屎、水缸里撒尿，还捉了癞蛤蟆、死耗子扔到床上。但我会用拳头吓唬他们，偶尔甚至不惜当真拳脚相向。好在我刚到村里的第一个夏天就从"大水"里救了一个村民。村民（当时叫社员）管洪水叫"大水"。村旁的其中一条大河现如今被拦腰截断，成了远近闻名的水库。但20世纪70年代河水还自由地流淌着，雨季则洪水滔滔，发出连绵不绝、震耳欲聋的轰隆声。有时，上游的猪猡和牛羊被洪水冲刷下来，总有村民争先恐后地用铁耙去河边打捞；但河水湍急，人一不小心就会被拖拽下去。一旦掉到河里，水性差些的人往往难以自救。而我从小以浪里白条自诩，凭着一半本能、一半炫勇，居然跳下去愣是救起个人来。之后但凡有人掉进洪水，村民总是首先想起我来。所谓"人不可貌相"，贫下中农觉得我个子虽小，但真有功夫。其实是拼命三郎不怕死而已。可话说回来，那时节咱活都不怕，还怕死吗？！

这样一来二往，冬去春来，我也便长大了。过去整我，也被我教训过的孩子成了我的喽啰、跟班。这倒无妨，要紧的是有那么几个情窦初开的少女开始注意我这个孩子王、小大人：一晃长成个一米八的少年郎。记得那一带的方言中还遗留着一些传统表述方式，譬如叫男子为郎官。忽然，我也成了郎官。一天傍晚，有个贫下中农的女儿满脸绯红地来到知青楼，还径直进了我的宿舍，说是来借书的。但她分明是青春勃发、寂寞难耐。而我自己又何尝不是？好在那女孩不是小芳，我也没有始乱终弃。我居然克制住了冲动，而且并无所谓激烈的思想斗争。从这个角度看时间飞快，那一幕一晃而过：她红扑扑的脸蛋、水灵灵的眼睛和鲜艳欲滴的嘴唇，一个劲儿地顾左右而言他，但我还是不期然瞥见了她怀揣小兔般起伏的胸脯，并迅速羞赧地挪开了目光。心虚得很！于是晚熟的被动遭遇了早熟的主动。我还没有来得及做梦和犯"郁达夫之罪"，生理刚有点反应，心理准备却是完全不足，更未真正与贫下中农打成一片。老实说，这过程自然是惊恐多于感动，我甚至还有些居高临下的怜惜，但不能说毫无崇高，因为冬日里围炉夜话时我给大伙儿讲述的英雄好汉关键时刻化作某种魔法，并产生了作用。用我们当时的话说，她充其量是粗识文墨，而我却是知识青年（鬼知道有几多知识！）。重要的是，那个傍晚格外闷热，后来的时间就格外漫长，完全印证了爱因斯坦的相对论。矛盾啊！但更大的矛盾和纠结是在事过境迁的后来。

不久以后，我听说她要嫁人了，而且亲事是自小定下的。那时节，除了八竿子打不着的政治传闻（小道消息），生产队里没有秘密。奇怪的是我一直等着她来亲口告诉我，自己却既没有勇气，也没有立场去问个究竟。于是，她在一个风高月黑的夜晚出嫁了，婆家在很远很远的河下游。据说风俗使然，凌晨出阁是为了赶在大白天与新郎拜堂成亲。从此，我陷入了无边的假想。有时，假想会渐渐放大，姑娘那充斥着希望和欲望的眼神挥之不去，这不仅让我犯"郁达夫之罪"，而且坠入了鲁迅所批判的肮脏渊薮：用想象脱光人家的衣服。然而，除了那些体态臃肿、浑身奔拉的老妪，我从未见识过真正的、一丝不挂的年轻异性的胴体；不像现如今，网络上经常会自己蹦出一些甘为艺术献身的人体模特或自拍裸体。于是，女性的体态和奇异的情景会产生类似于窑变的转化。如果画下来，倒会是怪谲的动漫素材。可惜我不擅作画，反而常常以浅薄的音乐知识，将它们混同于《欢乐颂》之类的变奏，其高亢程度则远胜于《我的太阳》或《青藏高原》；但若慢上几拍，也可能是令人酸楚的哀乐！

然而的然而，我没有接受她的好意，否则又要多一个小芳、多一份孽债，或者彻底改变两人的命运喽！

后来，出国留洋，这样的克制和崇高、崇高和渺小依然存在。再后来，理智战胜了情感，当发廊美女满街拽客、洗浴中心层出不穷时，我就索性自己给自己理发、在家里冲冷水澡了。再再后来，我两鬓始染，回首往昔，那姑娘早被记忆美化了容颜，而她留下的也唯有美好了，甚至成了自己的笑柄。如今，我完全不知道她身在何方、光景何如，盖因那个村庄在我出国留学的年代被一股脑儿拆迁，并成了水库的一部分；村民则被遣散到了四面八方。倘能觅其踪影，她也该是位满脸沧桑的老太婆了。这是记忆比现实仁慈的有力佐证！

然而，回到矛盾时代，转眼间我和几个知青又会悄悄潜入公社的果园，猢狲似的乘着月色，上树偷摘半青不熟的水果。嘴馋的时候还偷只鸡、摸条狗来打牙祭。那是常有的事，我迄今记忆犹新。至于爬到瓜地里拿小刀在西瓜上挖个洞，掏吃完瓤再合上盖子的恶作剧亦非绝无仅有。

一次，我刚爬上一棵果树，旁边的"战友"就开始不住地打噎嗝，护园的几个基干民兵恰好从树下经过，听到奇怪的声音仰头察看。好在树冠巨大，且枝叶茂密，我又急中生智，朝远处掷了个梨，遂将他们引将开去。现在想来却仍是心有余悸。那些基干民兵的枪固然锈迹斑斑，也不曾见过实弹射击，未必还能放出响来，但枪毕竟是枪，何况我等二三心虚少年，即使遭遇三两妇道人家，也大抵只能束手就擒喽。重要的是，和在城里的图书馆窃书一样，我们都觉得那是和平年代最富冒险色彩的事儿！解馋之余，这其中多少有些邪恶的快感。也罢！但堪称猥琐的事也时有发生，譬如有知青占村姑的便宜，让人家怀孕生娃还不认账。而我固然没有做这等出格的事，却也曾跟着几个年龄稍大的躲在灌木丛中偷窥中年妇女穿着因湿水而几近透明的衣衫在河边洗澡。

总之，崇高和渺小那时何其"并行不悖"！可能就隔之一厘一毫罢。但这一厘一毫之中却是我们用分分秒秒串联的日常生活，它们大抵无所谓崇高和渺小，却处处有崇高和渺小的影子。

淡泊与道义

　　说到道义，今人想到的是爱国主义、集体主义，还有某些出于正义的战争与拼搏、抗议和辩论。但是，也许是因为和平年代，我等站着说话不腰疼；也许是由于这世界愈来愈物质、愈来愈功利，我等也便愈来愈觉得淡泊的重要。

　　不知从何时起，这满世界的熙熙攘攘中人们不仅只为名往利来，还每每充满了戾气。曾经发生过的杨佳袭警杀人案，以杨被判处死刑而尘埃落定。事情的缘起几乎不值得一提：2007 年 10 月 5 日晚，杨佳骑一辆无照自行车途经上海闸北区芷江西路普善路口，巧遇芷江西路派出所巡逻民警盘查。杨佳赌气不予配合，遂被带至派出所讯问。据杨佳事后交代，他当时因拒绝向盘查警察出示身份证件和提供所骑自行车来源证明，造成市民围观，从而影响交通，被带至派出所。但刚到派出所，杨佳便与警员发生了口角和肢体冲撞。据闸北公安分局警员称，此后杨佳多次投诉派出所执法民警。未果，他便着手购置各种行凶工具，伺机报复，及至

2008 年 7 月 1 日上午在闸北公安分局花坛投掷汽油瓶纵火，并趁乱闯入分局大楼刺杀民警多名。试想一下，如果杨佳少一点戾气，那么血案完全可以避免，也不至于赔上卿卿性命。在欧美，谁敢同警察较劲？那不是找死吗？！同样，前不久太原龙口民警粗暴执法，将一妇女按在地上并脚踩其头发达 20 余分钟，致其窒息，也缘起于微不足道的摩擦。如果双方，尤其是执法人员多一点克制、少一点戾气，那么悲剧也不可能酿成。这样的例子在现实中屡屡出现，可谓不胜枚举。

我这么说并不有意否定牛二式或高衙内式人物，甚至暴徒、酷吏的存在，只是就概率论，绝大多数情况是可以缓解的人民内部矛盾，无须激化，也不该激化。我们先人崇尚的礼仪、德行如温良恭俭让，很大程度上都在教人宽容忍让。所谓"人敬一尺，还人一丈"，大起国家外交、民族宗教，小至待人接物、居家过日，宽容忍让、轻物厚道之理永远不会过时。从某种意义上说，西方社会的公德本质上也有这个取法。至于平素里多说几句"谢谢"和"对不起"累不死人！

当然，公德还不止于斯。反过来说，随地吐痰、乱扔垃圾、满嘴脏话、强横加塞、目无法纪等都是公德所不容的。说到这个，我不由得后怕地想起亲身经历的几件事来。一件是"文革"时期的打架斗殴。有关红卫兵造反我已在不同场合说过，不少文友也曾口诛笔伐。但除了红卫兵，也还有我等红小兵或红小鬼的胡闹。那时节人性泯灭，王法荡然，所谓的"革委会"则毫无权威；因为任何人可以随意捏造任何"事实"将任何人打翻在地，再"踩上一万只脚，使他永世不得翻身"。我就曾伙同几个小朋友在河边"捡"人衣服，这一来可使洗澡的对手无法上岸，此为恶作剧；二来当时布票紧张，一件半新不旧的衣服能换好几斤糙米，此为偷盗。当然，这样的事情不能常做，得打一枪换一个地方，否则必定被捉。小伙伴中就有被逮个正着的，结果自己供认不讳，还连累大家，以至于我们不得不拿起棍棒、怵惕自卫。好在当时人小鬼大，但力气有限，否则早构成谋财害命了。重要的、庆幸的是我们在挨打和打人中终究没有沦落为真正的小偷或流氓团伙。

　　另一件是在国外留学期间，我们固然很穷，但一开始并没有作奸犯科的勇气，后来却在个别进修老师的带领下做起了逃票和"顺手牵羊"的勾当来。有一位自称"文革"前就曾留学的老前辈不仅在人家美术馆穹顶的大理石雕像边小狗似的撒尿，还在商店里顺手牵羊，却时而嬉皮笑脸，时而咬牙切齿地说资本主义的东西不拿白不拿。我虽然没有做过这么出格的事，却也屡屡学他所为，在地铁里跟着他或如我贫穷的当地人"大方"逃票。幸好当时没有摄像头，西方地铁购票、乘车几乎全凭自觉。但逃着逃着，使我忽然良心发现的是一位女士。她一定是瞥见了我的企图，结果一把送了我一沓车票。她笑容可掬，丝毫没有鄙夷或怜悯之意，倒像在与我玩共谋的游戏。我虽然惊恐中接过了那沓车票，却从此改邪归正，而且每每想起便会自惭形秽，再也不敢造次。回国以后，我也学着那位女士做诸如此类的好事：授人以精神之鱼，亦可渔也。但我们的问题在于，除了逃票，不少人还强横加塞。前不久我就遭遇过一对母子，他们一左一右，斜刺里冲到前面，为的只是跟在一群上班族身后挤进车站、"贴身逃票"。进入站台后，他们并不急于上车，而是自得地在一旁打电话，用的还是 iPhone，似乎正等什么人来也未可知。这时，我笑着递给那位母亲一张公交卡，说，这好像是刚才您不小心丢失的。她接过公交卡时即或面无表情、一副无所谓的样子倒也罢了，出乎我意料的是她居然狠狠地从牙缝里挤出句"这种人最虚伪"。虽然她省略了上下文，且脸冲着孩子，但分明是说给我听的。不过我想，也许有一天她能意会到我的善意，并给孩子做一个好的榜样。

在我们这个时代，即或不能要求每一个人都成为谦谦君子，那么知识分子，甚至广义的读书人呢？知识分子似乎首先有责任修身养性、培养君子风范。这不是孔乙己的迂腐。但若连知识分子都时常满腔戾气，那么这个社会就真的令人悚然了。我们不能一味地把希望寄托在个别人的鞠躬尽瘁、死而后已，譬如一个懂经济的张居正或一个懂法律的海瑞再加一个懂军事的戚继光，又譬如雨果《悲惨世界》里的沙威来信守法纪，而大多数人则为了微不足道的一己之私随意宣泄情绪。这种情绪的宣泄慢慢转化为信仰危机，就像苏联解体前的政治阴霾。西方记者在亲历苏联垮台、苏共被宣布非法之际，有过令人深思的惊叹。那便是人们的漠然。但正所谓"冰冻三尺非一日之寒"，这冷漠既有体制本身的问题，也有人们对体制长期不满所形成的意识和无意识的作用。人人以骂体制为乐，却没想到如何身体力行、上善若水地去提供正能量、修复小蛀洞，以至于共食苦果：休克疗法带来的茫然和无知。

窃以为，体制的问题可以讨论，官僚主义和腐败问题必须纠正，但讨论和批评必得是善意的、积极的，而非不分青红皂白张口就骂、动辄就反。如果连知识分子也动辄撒泼骂人、拳脚相向或暗箭伤人、阴招伺候，那么这个家国就要遭殃了。盖因话语暴戾比一般街头寻衅斗殴更可怕，它会釜底抽薪，使人失去心的平衡。老实说，本人也曾有过戾气，但大抵是在青少年时期。如今，反躬自问或推己及人，事情很简单，几可一言以蔽之：戾气是果，名利是因。同事、邻里，乃至亲友之间为了一点先来后到、蝇头小利，反目成仇、拳脚相向。这哪里是斯文扫地？简直四九三伏、水深火热。人情冷暖，唯斯为甚！至于为了鸡毛蒜皮在会场上斗殴、图书馆闹事、教室里骂街，简直二牛不如、让人不齿。无论如何，成熟的民族、成熟的国民不应是暴戾的。国家之间尚且可以化干戈为玉帛，况同行兄弟乎？但问题是我们往往自作孽不可活。这既有历史文化原因，也有现实环境所导致的各种失衡与不平。如何化解是摆在国人面前的一大难题。我常由是想起"文革"的残忍和丑陋，总觉得我们"集体无意识"中有不少顽劣需要好好清洗。而 20 世纪 90 年代那句"从我做起"的口号始终没有过时，自然也始终没有被多数人付诸行动。

于是，除却家国重义、大是大非，我尝试实践温良恭俭让有些年月了，且颇感冶心怡情。譬如，在饭店或商场或其他公共场所管有关人等叫服务员固可，但我宁愿呼一声姑娘或小伙，甚而兄弟姐妹。再譬如多说几句"谢谢"或"抱歉"累不死人，却悦人乐己，一天心情愉快。我想有时道义可以是极小之事、极小之为。一言一行皆称道义。而淡泊平和也许是类似道义的重要前提。否则，一切美好愿景终将付之于阙如。

在这方面，中华传统文化具有丰厚的资源。自古以来，我们的优秀传统文化讲淡泊，讲不为五斗米折腰；讲操守气节，讲"饿死事小，失节事大"；讲重道轻器，讲玩物丧志；讲义薄云天，讲忠孝廉耻；讲"雁过留声，人过留名"；讲仁义礼智信、温良恭俭让，讲尊老爱幼、扶弱济贫；讲公平正义，讲诗书传家；讲流言止于智者、谣言止于公开；讲"己所不欲，勿施于人"，讲"勿以善小而不为，勿以恶小而为之"；讲"君子爱财，取之有道"；反对损人利己、不劳而获、投机取巧，反对不学无术、无情无义、不忠不孝，反对玩忽职守、贪赃枉法、卖国求荣，等等。同时，我们还大可借鉴和吸收全人类的优秀文明成果，在公民道德教育、法纪教育、审美教育等诸多方面汲取有益的养分，以期更加身心健康、更好创造性转化和创新性发展我们的文化母体。革命时代需要堂吉诃德，和平时代又何尝不需要哈姆雷特呢？当然，这并不排除关键时刻该出手便出手的豪气与侠义。生活日常，一日三餐一张床，则其实所需甚少，最多是一个谦让、一个热情。所谓的"古道热肠"，莫不存乎于斯。因此，从我做起、从小做起始终是所有美好知行或操守的基础和目的。这既是一般好人的起码作为，也是瞿秋白、张闻天等知识分子的人格魅力之所在。

现如今网络汹涌，任何新闻旧事都有无数变体，没有了是非，模糊了真假、善恶和美丑，庶几一步回到了口传时代。于是，绝对的相对性取代了相对的绝对性。这才是问题的关键，但这关键也还只是表象，背后有更为强大的资本逻辑。

好人和坏人

　　小时候听故事，问得最多的不外乎其中的人物是好人还是坏人。这种非好即坏、非白即黑的排中律或形而上学在我们这代人的头脑中曾经根深蒂固。后来作为知青在农村围炉夜坐讲故事吹牛，村里老小问得最多的还是人物好坏。其实哪有那么多截然的或好或坏？生活中固然有坏人，但沉默或不那么沉默或通过网络高声喧哗（但依然等于沉默）的大多数其实都难以用好人或坏人简单评判、一概而论。想想我们自己吧，做好人好事难道就那么一贯、那么彻底吗？毛主席就曾说过，一个人做件好事并不难，难的是一辈子做好事。也只有一辈子做好事、不做坏事，那他（她）才是一个纯粹的好人。那该多难哪！反正我不是那样的好人。小时候打架斗殴不是好人，插队时"偷鸡摸狗"也不是好事，改革开放了舞文弄墨夸夸其谈、没为家国富强出多少力更不是好事。总之，十足的好人或坏人并不多见。我自己就不是十足的好人，当然更不是坏人。

老外就很少用坏人和好人来评议人物。我们自己又何尝不是？就说鬼吧，一般都与坏、与恶联系在一起，但我们的许多故事中又恰恰充斥着善鬼。譬如《聊斋志异》中的某些女鬼。话说有位法国女生颇读了些中国小说，但对书中一些事由却是百思不得其解。她读到《聊斋志异》之类的鬼故事，固觉饶有趣味，却怎么也想不通：为什么邂逅美丽女鬼的总是书生？呵呵，这于我们是太简单不过的问题：书乃书生所著！当然，这么说有点像脑筋急转弯的答案，而事实也许复杂得可资书写一篇或多篇博士论文。

话说回来，如果一定要用好人坏人这样的二元对立来界定，那么一般说来，现如今好人多，坏人也多。我最近就遇到一个好人，几乎同时也挨上了坏人。先说这个坏人，她充其量只不过是个骗子，其实还够不上坏人的级别。个中因由且容我细细道来。情况是这样的，某天某日我发现手机上连续出现了同一个署名信息，内容如下：

　　好人：我是个可怜的女子，无如之下发出求助，恳请哪位君子伸出援手，拉小女子一把。小女子因年轻无知，于数年前嫁入香港豪门。丈夫虽已年迈，但一心想要个子嗣传宗接代。无奈肚子多年没有动静，后经多次检查，我终于发现责不在己。但是，为了顾全丈夫的面子及过亿的家产，我不得不回内地寻找代生君子。您或您的朋友若年龄适合、身心健康、五官端正，且有意成全，我愿支付五十万元作为报酬（报酬当视情况追加）。条件是您或他必须陪我一段时间（具体视受孕情况而定），短则一月，长则半年（至多半年），我们双方便人钱二清，再无瓜葛。人生苦短，但情谊无限，小女子若能得您相助，当终生铭记大恩大德，为您日日烧香、夜夜祈福。但为彼此不枉费时间精力，请您或您的合适朋友押下定金五百元（以下是我的银行账号×××××××××），待我们见面时双方核实信息后立刻奉还，并敬献五十万元支票一张作为对您或您朋友的一点谢意。

诸如此类，不一而足。除有碍观瞻的错别字和病句稍有改动外，全文如此。如果你不看最后两行，即兹事体大帮不上或不想帮，也多少会对这个楚楚可怜的女子表示一分同情。但是，这样的骗局恐怕只能放倒几种人：一种是贪财，一种是贪色，或者既贪财又贪色、二者兼有。

问题是，有些骗子着实可恶。譬如电话告知你的家人遭遇车祸，生命垂危，急需抢救，嘱立刻汇款云云。破财事小，吓你个半死事大！此外，冒充警察、法官者有之，假扮将军、僧侣者亦有之，总之花招之多不可胜数。

虽说这年头骗子委实不少，而且花招不断翻新，令人防不胜防，但好人同样多多，且不说媒体宣传布达的那些让人敬仰、肃然的英雄模范，即或我们身边也时有好人好事彩虹般出现、烟花般绽放。譬如那年我太太不幸走失，我和女儿心急如焚，在无数向我们伸出援手的好心人中，就有那么一位孕妇，她放弃了每天早晨雾霾升起前到寓所附近公园行走的习惯，居然一连几个月都在帮助找人，原因很简单：她曾与我太太打过照面，还在晨曦中彼此寒暄，并互道万福。她的锲而不舍令我们父女感动不已，于是免不了多次请见，却每每被她婉言谢绝。实在推不过去了，她就说自己是佛教徒，算是积德行善吧，谢绝一切回报！好一个佛教徒！倘使我们的宗教信仰简单得皆为行善，那么家国幸甚，天下太平指日可待矣！

我不由得就此想起许渊冲先生对共产主义这一译法的诟病，他认为共产主义（Communism）是日本人的译法，我们完全应该将其改为"大同主义"。这是有道理的。"Communism"

的拉丁词根是"Commune",确实不是共产,而是公社、大同。而大同社会天下为公显然是建立在高度物质文明之上的高度精神自觉。这种自觉与本能使然或一时冲动的好高骛远有天壤之别。

故事与事故

记得杨绛先生过米寿那年，我等前去祝贺。她回忆起五四运动的大哥哥大姐姐们，说得绘声绘色，谓那场景至今历历在目。今年杨先生百岁了，可她说得最多的还是儿时的记忆。

我常将童年的记忆一劈为二：一边是美好的童趣，另一边是"文革"的喧闹。两者故事多多。

先说童趣。除了游戏、打架，令我记忆深刻的是大人们讲的那些老故事。有些老掉牙的故事后来大多被不同的书籍所印证；但也有一些来历无考，恐怕是大人们随口胡诌的。且说外公的本家中有一位我管他叫舅公的，老人家说起话来声如洪钟，中气十足，而且什么事到他嘴里都成了好听的故事。我时常缠着他讲故事，其中有些故事听了不知多少回，却百听不厌。后来想想，无非是他的口气，他声情并茂的方式才是最吸引我的地方。他说他小时候住在海边，那一带风大，呼啦啦的，台风季节更是如此。有一回他出门去了西北，逢人就说海边风大，甚是得意。这一宣扬招来了别人的反诘。别人说自己家乡的风更大，轰隆隆的，大得尘土飞扬、遮天蔽日；还说稍大一点东西全被风吹走了，只剩下满眼的黄沙。舅公不服，说海里连沙子都没留下一粒，只剩海水了。他说罢嘎嘎地笑着，我也跟着他笑。他还说他爹是猎人，想当初遍地野猪，满目狍子。野味好吃极了，只有一张皮和精瘦精瘦的肉。我后来回想，他之所以这么强调，那是因为我从小不吃肥肉，每次到他家吃饭，别人拿肥肉大快朵颐，我却总是悄悄地把肥肉扔到桌下喂狗。有一次，两只狗在桌下打起架来，舅公猜到了个中缘由，就和我各取所需，他吃肥的，我吃瘦的。当时难得吃肉，所谓羊大为美，人们肚子里乏油水，普遍爱吃肥肉。至于狍子，他说烹炒煎炸炖、煨煮烧烤余、煸炝涮熬蒸，无论怎么做都好吃，但最对他胃口的却是拿它和腌菜一起烩。他边说边咂嘴，馋得大伙儿直咽口水。后来，他接着说，山里的野味打光了，一家就搬到海边捕鱼去了。捕鱼比打猎要讲究，季节啦，风向啦，都得算好。说到鲜活的黄鱼整锅燺煮，十几斤的带鱼切片生吃，还有我记不得名字的许多贝啊壳的，简直令人神往。说到后来又如何从海边迁回了内地，他就会长长地叹口气，说："那可就说来话长啦……"那时节要啥没啥，就是不缺时间，因此我总希望他说来听听，可他总是卖关子，即使随口一说，那也是版本多多，难免前后矛盾。后来我专事文学，才知道原来口传文学古来如此，谣曲史诗，民间传说，延异和变体在所难免。

如此这般。因非亲身经历，且难以一一考证，大人们的这些故事或可统称为"吹牛"。

"文革"的记忆后人听起来则比"吹牛"更邪乎。我当时年纪虽小，然杨绛似的目睹了大哥哥大姐姐们的喧闹。我对"文革"的第一印象是忽然有一天刘主席消失了，教室里又仅剩毛主席像了。当时我上小学三年级，不记得老师对此作过什么解释或者根本不曾有什么解释。我们照样上学放学，但转眼间大街小巷贴满了大字报和"某某兵团""某某司令部"的告示。大哥哥大姐姐们的胳膊上都佩上了红袖套，并风风火火、锣鼓喧天地开始造反。"造反有理""革命无罪"是最常听见的两句口号，随之而来的便是"打倒某某某"。紧接着，学校停课了，老师和高年级同学分成了两派，甚至三派、四派。先打走资派和地富反坏右，然后是内讧：红窝里的斗争。

我至今对抄家闹剧心有余悸。红卫兵想抄谁家就抄谁家，但凡有点家境的都没能幸免。我家也在其中。一天，气势汹汹的红卫兵闯进我家，翻箱倒柜，带走了不少东西。当时父亲不在家，依他的脾气恐怕会开枪呢。父亲行伍出身，手枪须臾不离，连睡觉都要藏把手枪或匕首在枕头下面。红卫兵估计是知道他性情刚烈，还多少有些功夫，才有意找个空隙来"端了他的窝"（红卫兵语）。一家人眼睁睁地看着红卫兵瞎折腾，撕掉了父亲钟爱的岳飞绣像及"精忠报国"的横批和两旁"功名尘与土家国入肺腑，千里云和月壮志在山河"的对联，直到他们拿了想拿的"罪证"（无非是名人字画和坛坛罐罐），最后唱着凯歌扬长而去。临行，红卫兵还在我家大门两边贴上了龙飞凤舞的"四海翻腾云水怒"和"五洲震荡风雷急"，横批是"打倒牛鬼蛇神"。

多年以后，在一个其实并不非常的非常场合，有人问领导："为什么中国会发生'文革'这样的闹剧？"领导一时语塞，有人替他解围，说那是毛主席估计失误，夸大了阶级斗争。问者不服，遂怒而斥之，"这谁不知道，要你说？！"我实在看不过去了，想打个圆场，就想起了荣格的集体无意识理论，便轻描淡写而又一本正经地说："小农社会，人人明哲保身，唯有在群体性造反或革命的名义下才能盲动。而盲动的结果就是焚书坑儒，就是文字狱，就是'文革'，就是改朝换代，就是重修庙宇、再塑金身。只要条件允许，不仅是中国，其他民族如德意志等，也会盲动，也会疯狂……"这番话虽然暂时消除了火药味儿，但"文革"是个大课题，关涉中华民族乃至人类的诸多复杂，甚至矛盾的性行，个中原因绝非三言两语可以说清道明。现在，有大仙谓"文革"是一次"天谴"，既谴了被革命者、被造反派，也谴了革命者和造反派，无人幸免。但我知道，有人却着实靠打砸抢升了官、发了财（至少那些字画和坛坛罐罐就没有悉数销毁或物归原主）。

除了众所周知的吵吵嚷嚷和抄家、批斗，打菩萨砸寺庙也是最最让人心悸的一件事情。红卫兵抡着大锤，举着铁锹把寺庙里的菩萨啦浮雕啦砸了个稀巴烂，有人甚至扬言要一把火烧了所有封资修，好在老家的寺庙、古迹大多在人烟稠密处，红卫兵怕城门失火殃及池鱼才勉强放过了它们，但远处的一座城隍庙还是被付之一炬。我记得那天风高月黑，城隍庙着火时喧天的锣鼓声将我从梦中惊醒，我以为是哪路红卫兵游行集会呢，睁眼才发现整个天都红了，端的是"祖国山河一片红"！但是，人们立刻告知那是因为着火了。我有生以来第一次看到火灾，火焰在远处发出噼噼啪啪的声音，甚是吓人。老人们三五成群，在一起偷偷议论这桩"作孽"的"革命行动"。后来听说几年前，即1964年也有过一次"打菩萨""破四旧"行动，但当时执行任务的是人武部的军人。

城隍庙烧了不打紧，可大火吞噬了周边山林。事情闹大了，变成了事故，公检法介入了，但结果却更加激发了红卫兵的造反精神。他们喊着口号，举着棍棒，扬言要砸烂公检法，谓革命热情似火，革到哪里，火就烧到哪里；要"扫除一切害人虫，全无敌"。最后连公检法也受到了冲击，并被迫承认城隍庙失火不是哪个人或哪些人有意纵火所致，而是革命烈火所向披靡，实在势不可挡，"可见城隍庙当烧、该烧、必烧、非烧不可"。

我还清楚记得父亲跟一个红卫兵头头的一次辩论。有关张三李四的功过是非当然难以记起，但那个小头头所说的豪言壮语却令我难以忘怀。他说："毛主席指到哪里，我们就打到哪里，无论什么目标，哪怕是天王老子还是亲爹亲娘。"父亲反诘说："毛主席啥时候说过要打倒所有老同志呢？"小头头说："你怎么知道毛主席没说过？不打倒你们，怎么打倒资产阶级司令部？"父亲又反诘说："毛主席也没说谁是资产阶级司令部呀。"这样的争论没完没了，没了没完。后来，这常使我联想起庄子和惠子的"鱼乐之争"。争着争着，父子成仇、夫妻反目、兄弟相煎、朋友决裂成了家常便饭。

然而，弹指一挥间，30多年过去，现如今庙堂重建，金身再塑，万里香火，亿人祈福。这么多年的无神论教育顷刻间呈烟消云散状，人们言必称上帝、佛祖、真人……而且大仙满天飞，"算命测字看风水，一步回到解放前"。可话又说回来，信点什么总比心如止水强，倘信而行善积德，倒也有裨于社会和谐。怕就怕边做坏事边抱佛脚，把宗教仅存的那点形而上的好处也一股脑儿地形而下了。至于麦加朝圣的那些踩踏事故，不说也罢！

修茶壶补碗

　　儿时对一切都好奇。据说好奇是儿童的天性，但我这代孩子的好奇心常常是得不到尊重的。而本人最早的记忆即与此有关。譬如三岁时受人蛊惑（其实是邻居的一句玩笑而已），竟兀自拆开了家里的一台收音机，马孔多人似的想看看是什么精灵在里面唱歌说话。结果当然不妙，挨打挨骂不说，自己就差点儿被电死，还后悔得不得了，盖零件乱七八糟，且组装乏术，那收音机只好从此报废。于是好奇心受到了打击，并逐渐有所收敛。证据之一是自己动手少了，开始"蛊惑"别人，或者静静地跟在别人后面看热闹。话说回来，"文革"之前一般没啥热闹，无非是过节或偶尔家里和邻家有客人到访。除此之外，孩子们只能自己变着法子瞎折腾。

　　后来长大了，再后来还有幸被公派出国留学，虽不敢说见多识广，却至少是好奇心愈来愈少了。当然这跟年龄不无关系。于是，过去的好奇与经历变成了某种资源。譬如一不小心这辈子居然要与文学为伍，就不由得时常想起儿时的好奇。在众多好奇的参与和观望之中，恐怕很少有谁像我这么关注过"修茶壶补碗"之类的营生。

由于《红灯记》的广为传播，我这代人对"磨剪子抢菜刀"的吆喝记忆犹新，而且重要的是这个营生至今没有绝迹。问题是"修茶壶补碗"已经绝迹，而且绝迹多时矣。别说80后、90后，即使60后、70后怕也很少有人听到过这个悠久绵长的吆喝声呢。但我是看着这个营生销声匿迹的。

大概和拆卸癖等好奇心结伴而生的是疑惑。"修茶壶补碗"便是我儿时的最大疑惑之一，尽管"没有金刚钻，不揽瓷器活"被搬进了成语大词典。且说修茶壶补碗的艺人或匠人挑着货郎担走街串巷，那吆喝声似乎还在耳廓回响。我奶奶或哪位邻家奶奶打开门窗，将他或他们请下，然后各自搬出渗漏的茶壶和一堆破碗，然后是锱铢必较的讨价还价。这过程挺严肃，但价格确定后双方立即笑逐颜开。奶奶甚或左右开弓，像款待客人似的为工匠炒几个小菜、温一壶老酒。而工匠则片刻不停地唧唧噜噜、叮叮当当，开始修茶壶补碗。

当时，甚至后来每每想起，总觉得修茶壶尚可理喻，而补碗却着实让人费解。一只碗其实贵不过几个钱，何必如此修修补补煞费工夫？工匠先将一块块碎片拼排一番，而后画上标记，再用钻子唧唧噜噜地在标记上打出针眼似的小孔，最后钉上铜钉，并用稀释的缸砂嵌满所有缝隙。这个过程需要眼力和耐心，当然金刚钻也是必不可少的，否则怎么在碗片上钻孔？总之，在我的记忆中，补一只碗和买一只碗差不了几个钱，但奶奶或奶奶们和工匠都十分认真地成为共谋。当时还不晓得"无用之用"或"鸡肋"之类的说法，但我心里确实对此颇多存疑。唯一让我感动的是工匠们的手艺。用不多久，他或他们一准将摔成十片的破碗还原成满身铜钉的玩意。现在倘若得到这样一只老碗，即使它不是明清文物，恐怕也是令人叹为观止的艺术品了，完全可以摆在书柜上供人瞻仰。

如今，儿时的好奇消散了，但疑惑并未完全消弭。奇怪的是，我当时居然没有好好问一问奶奶或邻家奶奶们：为什么要花几可与新碗比肩的价钱去修补那些劳什子呢？也许是因为某种念想；也许传统如是。然而，这也许变成了永远的也许。

严与慈

　　女儿自小与我打打闹闹、没大没小，这使我们成了"哥们"。然而，凡事有其一利，必有其一弊。譬如与女儿的关系，因为是"哥们"，我对她的许多"不良习惯"就没尽到纠正的责任。就说使筷子吧，虽然邻国日本的孩子已经忘得差不多了，可毕竟它是我们的传统，是祖宗们世世代代延承下来的，丢了可惜。况且，从培养孩子心灵手巧的角度看，使筷子也是上佳方式之一。可女儿从两支筷子一把抓到现在几乎还是一把抓的过程，我是看在眼里，急在心里，却终究没能纠正的。而我自己使筷子的标准方式却着实是祖辈和父辈（主要是奶奶和叔叔）用筷子打出来的。在童年的记忆中，吃饭挨筷子是非常突出的一件。一旦我用不那么标准的姿势去夹菜，筷子就会重重地落到手上，于是好不容易夹着的东西就会掉下来。由是，我喜欢父母回家时给我们兄妹布菜，这样我就不用顾忌筷子问题了。但父母和我们兄妹几个离多聚少，因此挨筷子仍是常事。而渐渐地，我也就学会正确使

我家有女初长成

用它们了：别说是夹花生，就连拳头大的鹅卵石，我也能用筷子轻而易举地夹起来呢。再说辨方向的本领是女儿和当下城市孩子的普遍阙如。人不可能生来具有辨别东南西北的能力，尽管这是低级动物都掌握和娴熟的技能（或本能），但城里孩子却十有八九不辨东西。过去说一个人找不到北，等于说他（她）是二百五。而今此说已矣。外国的孩子也一样，但凡生长在大城市的，同样不辨东西。这是我初到国外最先发现的"怪"现象之一。你问路，别人给出的大多是朝前朝后朝左朝右。除了老人，年轻一点的几乎没有用东南西北指示的。没想到的是，现如今我的孩子也不分南北东西了。这与智商无关，却与进化，尤其是城市化进程、国际化生活有关。方位对年轻一代已经没有多少意义。首先，他们不靠太阳生活，无须了解东升西落。其次，现代城市道路交错、高楼林立，且每每有正有斜，或亦正亦斜，可谓千通万达，朝向各异。过去那种坐北朝南或者相反的建筑方略和东西大道、南北中轴的道路格局早被打破（风水学中谓前者宜于官家，后者利于商贾。姑妄听之吧，大路朝天，各走半边，这两种朝向只不过比较宜居罢了）。再次，家长如我者不再严苛要求孩子们掌握"这种连低级动物都无师自通的本领"，如此等等。于是，我女儿就几乎至今不辨东西南北。再说游泳，我生在水乡，长在水乡，可谓无师自通，也便从小以"浪里白条"自诩。这倒有点用处：14岁高中毕业即到乡下接受贫下中农再教育，就先后救过好几个落水者，其中既有比我年幼的，也有同龄人，甚至还有一些体量硕大的成年人。说到救人，那是天经地义，而今却成了稀罕。至于女儿迟迟没有学会游泳，虽说条件所限是客观原因，但主观乏力和要求不严却是百口莫辩、毋庸置疑的事实。

太太倒是比较严格。她抓大放小，注意力多集中在女儿的学习成绩上。于是，好成绩是主要指标。至于女儿的小节，她一概不管。这使得我们私下里经常就松与紧、严与慈展开讨论。比如，学习上我主张松一点，即不必强求女儿门门第一、处处领先，盖因应试教育害人匪浅，学校已经在揠苗助长了；但是生活上却总希望她拘点小节、多点女孩子气。这就矛盾了，非特我和太太的意见不尽相同，就连自己也每每自相矛盾，即不知何处该严、何时该慈，更不知怎样又严又慈。这度太难把握。太太说了，"你跟孩子没大没小、打打闹闹，她不不拘小节才怪呢！"她说得在理，人就是这么矛盾。有一阵子教育部抓"素质教育"，三令五申给"小小肩膀"减负，而我却反过来提醒孩子不能放松学业：学校不给作业，咱自己给。这是基于社会认知，即竞争是个硬道理，而且必将日趋激烈。这是我和太太在孩子教育问题上达成的共识。果不其然，初中的门槛有增无已。

　　总而言之，言而总之，这严与慈的度实在很难把握。都说实践是检验真理的标准，那么结果呢？

第一次

人生有许多第一次。一般说来，无论好事坏事、喜怒哀乐，第一次总会留下深刻的印象。可我天生迟钝，少有第一次令我记之忆之，更甭说记忆犹新了。我自以为重情重义有心有肝，却缘何如此不分伯仲？我想我只是慢热而已，或许还有些健忘。因此，"一见钟情""一见如故""过目不忘"之类难入我的词典。我虽不胜酒力，也无意与酒结缘，却总觉得自己像一坛陈酿老酒，譬如加饭，愈存愈醇、愈酿愈醇。此外，我时常有一种感觉：所有的新鲜都是因为忘却，后来这一感觉在博尔赫斯的作品里得到了印证（据说原创是所罗门）。因此，我敢说，我们所谓的"第一次"，很多时候是要加问号的。

当然，凡事毋庸绝对。在我的人生记忆中，印象深刻的第一次也不是没有。譬如第一次学古人拜把子。俗话说，亲戚是被迫接受的，朋友是自主选择的。当然，由于"文革"，我们跪叩的并非忠义王关云长，而是毛主席。这就难为毛主席他老人家了，而我们却是真心实意地向他老人家表过忠心的。也就是说义气的前提是忠于毛主席，结义的主要目的也是要为毛主席如何如何。这倒无妨，关键是既拜了把子，就必须管对方的父母叫爸妈。老实说，低头不见抬头见惯的张伯李姨王叔马姑，突然得改口叫爸唤妈，真的很不容易。当然，既在毛主席他老人家面前立过誓，改口是必须的。现在想来，那经历还会让我起鸡皮疙瘩呢。肉麻！然而，唤者何其难，真不知听者是何滋味。

且说女儿第一次在镜子里看自己吧。那时她只有三个月，我把镜子举到她面前，她顿时出现了异样的表情。那表情中有惊讶，也有喜悦，但主要是惊讶。她拼命拿小手拍镜子，还不时地咿呀，并转过头来看看我。我不知道她在想什么，但知道她一定觉得很奇怪，甚至不认为镜子里的自己是自己。于是，我也凑过脸去，和她同时出现在镜子里。这会儿她平静了，不住地看看我，再看看镜子里的我们。后来，我拿小狗做过试验，邻居的小狗在镜子里看见自己时，与女儿当时的表情颇为相似。它嗷嗷叫着，不住地拿前爪去挠镜子，并不时地转过头来看着我。这对于它肯定是件很奇妙的事情。可惜我们都记不得第一次看镜子的感觉了。类似情形不少，从而给文艺与科学留下了想象和探究的空间。

再说当初我从农村回城读书，暑假后又要出国，于是就兴冲冲地到村里和其他尚未返城的知青及贫下中农告别。支书带领大伙儿欢迎我，并当众问我大学里有多少人，我保守地说了个数字：一万。他立即愤慨地表示说："不可能！一所大学怎么可能有这么多人？几晒场都站不下呢……"我当时就被反诘得下不了台，心想果然是"坐井观天""夜郎自大"……可不是吗？他堂堂一个支书，麾下总共只有百把村民，还得外加我们这些知青；一所大学怎么会有这么多人？况且那村里从来不曾有过大学生，整个公社除了1949年前听说过一两个地主家的孩子上中学，再就是往远里说古代那些虚无缥缈的秀才。然而，秀才是传说，但哥不是。

话说我当时既尴尬又气愤，但过后想想也就心平气和了。怎么能怪他呢？他那是第一次看见活生生的大学生，第一次听说一所名牌大学的规模。30年光阴如梦一场，现在的大学哪所不是动辄上万，甚至几万、十几万呢？大学生于是也不再是天之骄子，他们要为就业劳心劳力劳关系。

诸如此类，故事多多。最后说一位女同胞第一次乘飞机，她的名字我就不提了。你知道很多人都恐高，尤其怕飞机，说它是会飞的棺材。话虽不无道理，但从概率上讲，有关统计认为轮船比飞机危险，火车比轮船危险，汽车比火车危险。且说那位小姐第一次乘飞机，她的座位还是我帮她找着的呢，因为恰好与我毗邻。她除了紧张，还有一桩你猜都猜不到：她居然一路都在念阿弥陀佛。飞机起飞时，她紧紧抱住小枕头，一个劲儿地发抖，嘴里念念有词，我劝她放松些。"没事的，升高了就好"，我对她说。她没理会，但阿弥陀佛念得更响了。我这才知道她是个信徒，于是顺口又说佛祖会保佑她的。她于是喃喃地说，连眼皮都不抬："我还没皈依呢。"原来如此，倘使已然皈依，也许她就不这么害怕了。那是我当时的反应。但事实上她就是恐高，怕飞机。从北京到南昌两个小时，她一直抱着枕头念阿弥陀佛，我自知无法相佑，也就只好眯上双眼佯睡了。但是我坦白，我一直在留意她，并知道她说没有皈依是带着悔意和幽怨的，言外之意是"你懂个屁，没有皈依，佛祖是不会全力保佑的"。呜呼！

孩子读书

2011 年，一项调查令国人震惊：中国年人均读书 4.3 本，位于世界之末，比韩国（11 本）、法国（20 本）、日本（40 本）、以色列（64 本）少得多！

几年过去了，读书的情况似乎更加堪忧。有个不是笑话的笑话说得好，劳动让猿变成人，而手机正在使人变回猿！

诚然，我国关于读书有用的说法多多。但是，读书无用论也所在皆是。古人云："百无一用是书生。"今人则曾以"造导弹的不如卖鸡蛋的"和之。至于诗书传家及"书中自有黄金屋，书中自有颜如玉"之类的古训，今人则大可用"一网打尽"以蔽之。然而，无论如何，迄今为止没哪个家长不希望自己的孩子上学读书，而且最好门门优秀。

虽说国际国内调查显示，我国人均读书量不仅未在世界前列，反在其末，但这并不是说中华民族不是一个喜欢读书的民族。我们是两极分化。我可以负责任地说，很多同胞没时间读书，或者（此话可以换一种方式说）他们还有更重要的事要做。譬如,"40岁之前拼命挣钱,40岁以后拿钱换命";又譬如"宁可开宝马车哭,不愿骑自行车笑";再譬如强按牛头饮水的死记硬背,只因为"年龄是个宝,学历不可少,穿了博士装,才得乌纱帽",以及"学而优则仕,仕而优则学",如此等等。

这就是为什么我说"悬梁刺股"不如"凿壁偷光""萤窗雪案"的原因。盖因前者是强迫性的,而后者是主动积极型的。这好有一比:有些亲戚,你即使不喜欢,也得时常逢迎,盖因血缘是与生俱来的,没得选择;相反,朋友却可以自主遴选,只要志趣投合、因缘相契,彼此可为知己,可交生死。作为读书人,我们大抵把书当作人生最可靠、最亲密的朋友。无论好赖,书摆在面前,童叟无欺。所谓影响,那也是读者需要罢了。书本无辜,是为投其所好。我这么说不仅事实如此,脑海里还回荡着鲁迅评骘《红楼梦》时说过的那一席话。当然,书是人写的,和人一样,它们也分三六九等。尤其是在当下,书林泥沙俱下、鱼龙混杂,可谓乱象丛生,良莠难分。

于是,现如今读多少书许是次要,重要的是读什么书!

说到读书,我辈究竟是生不逢时还是生逢其时,却很难说。皆谓"文革"乃一片书荒,但我辈中颇有些人奉行了

"窃书不算偷"的孔乙己主义，本人便是其中之一。因为"无书不毒"，我们也便无书不读。此逆反心理使然。再说学校停课了，又不到工作或"上山下乡"的年龄，除了玩耍，不读书干吗？况且是偷书读、偷读书，读书也便兀自有了一种近乎邪恶的快感。因此，那时节读书是最快乐的一件事情！这也是我为什么总说"凿壁偷光"好，"悬梁刺股"不好的原因。

一晃时移世易，中国成了名副其实的出版大国。图书品种之多，世界第一！而我们的人年均读书居然是世界老末！何也？于是，我不由得想起女儿书不离手的情景。她识字早，开始是我和太太指着连环画念故事给她听（其实是看），稍后她便自己拿书囫囵吞枣起来，也便渐渐地养成了须臾不离书本的习惯，就连上厕所解手也必得书本在手。而且，因为是囫囵吞枣，她看书速度之快超乎想象。譬如大仲马的《基度山伯爵》，她几乎一天就看完了，而且从故事到不少细节都能复述、评骘。当时她仅有五六岁光景（究竟五岁还是六岁，我确实记不得了）。但我记得她8岁那年我带她去北戴河，当时单位组织春游，可以带孩子。于是她被安排与钱满素同住一室。结果可想而知，她居然在满素面前大谈读书心得，把满素笑个前仰后合。第二天一早，满素姐见到我，便不住地说，"你这孩子了不得，讲起《红楼梦》来一套一套的，简直滔滔不绝。"老实说，我并不知道她读过《红楼梦》。在我当时给她开列的书单中，并没有它呀。可见，你越是"禁止"，孩子就越发好奇。

说到好奇心，其实又不尽是好奇心，它与逆反心理很难截然区分。但有一点是确定无疑的，读书的嗜好必须从小培养，一旦养成，它也就像吃饭睡觉一样不可或缺了。

断线风筝

我当年稀里糊涂出国留学，现在想来还心有余悸：除了学习，居然毫无他念，而且总觉得自己像断线风筝、无根浮萍，完全没有周遭学人的欢天喜地。他们跟老外谈恋爱、过家家，一个个快乐得像出笼小鸟似的。至于什么"我是谁？从哪里来？到哪里去"，什么"存在与虚无""一切历史都是当代史""文本之外再无其他"，等等，一概只听不思；盖因我那脑袋瓜里被灌满了毛主席语录，心里还揣着一大堆"文革"时期窃来的杂书。后者五花八门，包罗万象。当然，最重要的还是明清小说和历代演义。真正迫使我思考是非曲直的，既非去留，也不是要命的学位论文（那叫一个钻牛角尖！），而是一些小事。换言之，直至遇到那些旁人不一定在意的小事，本人迄未对人生学问有所领悟。

第一件小事：我留学期间住过集体公寓，也有过因刁蛮房东而不得不一月三迁的经历。记得其中一位房东对中国人有偏见，他不喜欢我们的制度，尤其看不得红色。我曾因此

"洋插队"：奥尔梅克巨人头像

与他发生争执，说："西班牙国旗中有一半是红色，尽管野牛不喜欢这个颜色（盖因斗牛士用来激怒公牛的就是一块红布）。"但也有西人极友好的，譬如维吉尼娅·恰帕老太太，她是位难得的热心人，常使我想起自己的奶奶。而她恰好与第二件小事有关：她曾不止一次问我为什么日本人被问及是否中国人时很生气。对我们来说这不成其为问题，尽管我们与日本人颇有些不同，比如被问及是否日本人时我们还不至于生气。第三件小事是同胞的不拘小节。这个说来话长，但长话短说，概而括之：一是吐痰，二是涂鸦，三是方便……先说随地吐痰，这或可谓中华民族的一大陋习。不知何故，不少同胞喉咙里内容特丰富，嘎嘎一弄，就是一堆，随地一吐，简直令人作呕！我常想，即使患了咽炎肺痨，他（她）也不至于在家里乱吐吧（当然后者不能完全排除，但我猜大多数随地吐痰的同胞是不会在自家厅堂卧室乱吐的，至少很多家庭有过一种叫痰盂的东东），是为有私德没公德也！再说涂鸦，见到同胞所书所刻"××到此一游"，我便联想到大狗小狗在电线杆子、汽车轮胎或诸如此类的"标志物"上撒上一泡。最后是方便，人有

"洋插队"：见证印第安人辉煌过去的城池遗迹

三急，兹为一急，但我目睹同胞在人家美术馆穹顶大理石浮雕上撒尿的。我实在看不过去，说了他一句。结果你道他说什么来着？"老子到资本主义艺术殿堂一游，总该留下点什么……"呜呼！我真想买块豆腐撞死算了！在国内造次也就罢了，在人家地盘上如此这般，便更令我无地自容！想当初"文革"后第一批留学生文科理科加起来总共几百人，而后公派的、自费的、移民的、偷渡的，蜂拥而出，新华侨这个

林子大了，端的是什么鸟都有！

至于本人，做学问那是没法子，钻牛角尖，强按牛头饮水！而"学成"回国，则是天经地义的事，连迟疑都不曾有过。车水马龙、高楼大厦、灯红酒绿、花花世界，那是别人的，与自己无关。这并不是说我生来就是苦行僧或者傻蛋一个，而是真就那么简单，所谓"子不嫌母丑，狗不嫌家贫"。回国以后，常被问起后悔与否，我大抵一笑以蔽之。倒是有个极好的反证，不妨说与诸位咀嚼：有个叫爱华的留学生，她生在美国，自幼跟随外交官父母来到中国，北京话说得比我标准。这当然很好。语言不仅是交流的工具，也是知行、情感和价值认同的重要基础。但是，她的一番言辞引起了我的注意。她说，由于自小过着漂泊的生活，她觉得自己既不是美国人，也不是中国人，只有坐飞机时感觉最好。啊哈！

如今，我们的家长正争先恐后地把孩子送往国外，这无可厚非。要命的是，我国孩子出国留学正日益呈现出低龄化趋势。我曾在不同场合大声疾呼：除非你希望你的孩子成为随波逐流的浮萍和随风飘荡的断线风筝，否则无论你的孩子去哪里取经、念什么经，母语平平、根基浅浅，是难以修成正果的。再说，外国再好，也终究不是我们的故乡；乡情虽淡，并必将愈来愈浓，也终究是幸福感的摇篮之一，是我们与祖国母体的永恒脐带。让孩子小小年纪离开故土、放弃中文，难道你就不怕自己的孩子变成只有在飞机上才有感觉的无根之木、无源之水吗？若说自己的家园不够美好，那么我们更应该而今迈步、从我做起，好好努力，使她美轮美奂，真正公平共和。

说得极端一点，浪子还要回头呢，况宝贝孩子乎？然而，话要说回来，我对别人国家的不屑（而非不尊或轻视）还由于第二次出国的遭遇。因为这回是自费，我必须自己跑使馆办签证。又因为没有直飞，我依稀记得仅美国的过境签证就让我跑了十来趟，而且每次必得起大早排长队，风吹雨淋事小，可老外们挤牙膏似的今天说这不行，明天说那个必须，简直就是欺负人！我给自己签证处门口苦苦排队等候的人送上了最佳口诀：宁滥勿缺。当然我指的是各色材料：一直从出生证到祖宗牌位。要不是为了个狗屁学位，老子还真不稀罕出这个国！但话又说回来，我们自己的办事机构同样够人喝几壶的。话说我循规蹈矩，办了签证再主动按规定注销户口，无疑属于那遵纪守法的"百分之一族"。结果当然不妙，"学成回国"竟成了"黑人"。于是，鸡和蛋的悖论上演了：公安部门需要工作单位才能给我上户口，而没有户口在20世纪80年代是根本不可能在北京找到正当工作的。我驻外使馆的证明也帮不上忙，那叫一番折腾！至于现今出国留学不再需要吊销户口，却为大批钻空子者偷偷拥有双重身份（国籍）提供了"便利"，则是后话。

中　篇

大美中文

近日于老家旧村看到一户普通农家嫁女，左边门框大红纸上写着"龍鳳喜呈祥日吉時良遣小女"，"市肆歡治宴春暖景致迎嘉賓"，眉批："于歸誌禧"。字写得好，内容似乎也远胜于目下一个简单的"囍"。

这不是一个简单与复杂的问题。这多少体现了人类文化发展和演变的钟摆效应：由简至繁，由繁至简。记得儿时的故乡绍兴，繁文缛节仍多，且每每夹杂着古字古韵，几乎满眼皆是唐诗宋词，但一夜之间就剩下"样板戏"了。样板戏是唱出来的，许多时候我等都是只知其音，不知其意。于是，小和尚念经，有口无心是免不了的。后来稍长大一些，我们开始背诵《毛主席语录》和一些马恩列斯著作，但依然是小和尚念经，对很多字词或概念不甚了了。当时红一色的政治文献，哪有什么字典或词典？因此，我的第一部字典是从叔父那里顺手牵羊"牵来"的老掉牙的民国版袖珍繁体字《康熙字典》，它至今还被供在书柜里作纪念。

如今不同了，各种字典、词典蔚然成了各大书店的一道风景。

我国古来就有"盛世修庙，乱世盗坟"之说，今天可谓双管齐下。好在修庙、盗墓的同时，还可以有一种新的说法，是谓"盛世修典"。何来此谓？恐怕得从头说起。

且说典即法则，即标准，即经文，即仪式。《康熙字典》是典，"四书五经"是典，《四库全书》、奥运圣火传递也是典。但这里要说的是字典和词典。《尔雅》被称为最早的辞典，儒家将其归为训诂一类。公元1世纪许慎所编的《说文解字》创汉字部首基础，更被认为是字典中的老祖宗。因是拼音文字，西方没有字典的概念。但其辞书或词典的历史也可以追溯到公元以前。早先为难词表时代。第一部拉丁文词典则出现于公元1世纪，是由罗马史学家弗拉库斯编撰的，名曰《词义》（*De Verborum Significatu*）。现代意义上的西方词典，则始见于16世纪。第一部西班牙语词典《卡斯蒂利亚语正词法》（*Ortografía Castellana*）发表于1517年。第一部英语词典（*A Table Alphabeticall*）出版于1603年。而在此期间，又有一些小型的双语词典相继问世。它们大都为拉丁语—罗曼司语词典或拉丁文—英文词典。我国的第一部双语词典是由英国传教士马礼逊于1815至1823年在澳门编撰的。他编撰这部《华英辞典》(*Dictionary of the Chinese Language*)的目的一是便于翻译，二是裨于英国人学汉语或中国人学英语。此后，各种双语词典不断涌现。尤其是近30年，随着我国的改革开放，各种单语、双语、双向词典，乃至多语词典如雨后春笋，令人目不暇接。

由于买辞书一直是我的嗜好之一，手边也就慢慢堆积了不少本本。但用得最多的，一是商务印书馆的《现代汉语词典》，二是中华书局的《辞海》和《汉语成语大词典》。读书人字典词典不离手，盖没有人的记性可以好到装下六万余字及其几近无限的搭配。况且不少搭配一旦脱离辞源，就会酿成笑话。比方说"危言耸听"和"危言危行"。同样是一个"危"字，在前一成语指"夸张、吓人"，于后一成语却曰"正直、高峻"。取其同字异音，就更加神奇，如"降龙伏虎"和"天降重任"；那些对联如"乐乐乐乐乐乐乐，调调调调调调调"或"行行行行行行行，长长长长长长长"，甚至"长长长长长长长，长长长长长长长"，堪称绝妙的文字游戏。同音不同字，则同样似诗若画，令人叹为观止，如"士皆谙诗""盗亦有道"，又如"无山得似巫山好，何水能如河水清"或"盗者莫来道者来，闲人免进贤人进"，等等。还有五花八门的璇玑诗、回文诗，简直令人眼花缭乱。

至于那些《三字经》、《四字经》(《千字文》)、《千家诗》等，都曾是祖先们耳熟能详的美文，尽管其内容未必放之四海而皆准。

总之，汉语之美、汉字之妙不胜枚举。其诗词歌赋、书法篆刻、对联字谜，令人称绝。但说来说去，除了字词本身奇崛，四个字的成语最能代表汉语之美。

虽然，大多数成语可以从字面判断语义，比如"急中生智""左右逢源""插翅难逃"等；但也有一些成语却是有来源、有典故的，比如"守株待兔""刻舟求剑""叶公好龙"等，不能望文生义。

女儿自幼好读，不到十岁就能玩成语接龙的游戏了。我说"一叶障目"，妻子接"目不暇接"，女儿说"接二连三"，我说"三言两语"，妻再说"语重心长"，女儿接不上来，我替她了说个"长命百岁"，女儿紧接说"岁岁平安"……我说"岁岁平安"不是成语，她就反唇相讥："那'长命百岁'就是成语吗？如果'长命百岁'是成语，'岁岁平安'为什么不是呢？"我说成语是历史形成的，约定俗成，对不对词典说了算。如此这般。于是她只好噘着小嘴去查词典……

话虽如此，孰是孰不是，倒也真没有十分的理由。即使语言本身，也无非是约定俗成。譬如北京方言中"树"被称之为"shu"（上海方言为"si"），"人"被称为"ren"（上海方言为"nin"）。又譬如量词，牛是头，马却变成了匹，狗又唤只，可谓花样繁多、不胜枚举。再譬如同样一个"汩"字，可以读作"gu"，也可以读作"yu"；加上四声，有的一个字如"敦"者，则最多可有11种读法……简直难为了老外。

最近网上盛传一个"老外学中文"的段子，说的是另一番景象，谓某"中文托福"奉题如下：一、冬天：能穿多少穿多少；夏天：能穿多少穿多少。二、剩女产生的原因：1.谁都看不上；2.谁都看不上。三、某美女给男友发短信：如果你到了，我还没到，你就等着吧；如果我到了，你还没到，你就等着吧！四、单身的原因：原来喜欢一个人，现在喜欢一个人。如此等等，请在孔子学院苦读数年的老外说出同样词语的不同涵义及词性区别。鸣呼哀哉！

同时，有人总结出中文的十大优势：一曰历史悠久，稳定性强；二曰使用人口众多；三曰常用字少，且变化无穷；四曰丰富多彩，字同意不同，意同字不同；音同字不同，字同音不同；五曰表现力强；六曰键入速度快；七曰可任意排列，从左到右，从右到左；八曰音形意完美结合；九曰语法简单；十曰字字皆可为谜。当然，谓优势固可，谓特点更好。

　　且说玛雅神话《波波尔·乌》谓先有语言，后有世界。这样的秩序多少显示了古人重视语言的程度。现代人类学大都将人类文明的起源与语言联系在一起，而文字的产生则被认为是人类走出蒙昧、告别原始的标志。当然，因为有了语言，人类的心志和精神生活大为丰富，也大为复杂，于是有了"书不尽言，言不尽意"之说，"矫情"一点的甚至琢磨起了"大象无形""大音希声"。至于宗教界，如禅宗或犹太密宗喀巴拉等，则强调意会，而不事言传。这是形而上学范畴至为重要的一部分。于是，保罗·利科说"人即语言"，本·琼生却说"语言即人"。老子说"知者不言，言者不知"；福柯说"话语即权力"；德里达却说"文本之外一切皆无"。诸如此类，不一而足。

　　这样的矛盾对立在我们的汉字中俯拾即是。譬如汉字是象形文字，但它同时又十分抽象，富含哲理。像止戈为武，二人成侣；狂是犬之王，臭乃自大点；言之寺，则诗；亡的心，则忘，等等，在拼音语言中绝无可能。这无意否定拼音文字。因为同样的好处完全可以找到相反的佐证。唯有字谜却是中文方块字之一绝，绝无仅有！

　　我国古代劳动人民将汉字归功于仓颉，恰恰说明汉语"神来"，而非汉人独造。各少数民族，乃至远近外邦均对汉字的形成和丰富作出了间接直接的贡献。譬如佛教的传入，使汉语平添了大量词汇和概念。近现代西方文化的译介同样是如此。又譬如古代汉语多以字为单位组成句，而现代汉语则因口语，乃至日语等外来影响而愈来愈喜欢以字生词，用词造句。仅刘孝存编选的《中国神秘语言》就辑录了数百个源自少数民族和日本等国的流行词汇。如此，自东汉许慎《说文解字》所收 9000 余字至民国欧阳溥存等所编《中华大字典》4.8 万字，迄今为止，汉字当在 6 万字以上，尽管仅十分之一左右为一般人等常用。

至于汉字之美、汉语之美，则远非三言两语可以含括，其形与声所蕴涵的艺术性与丰富性无与伦比。而且汉语是唯一没有被中断的古老语言。自古以来，仅夫妻称谓或指代就多达数十种，如针对妻子的"宝眷"与"糟糠"、"内人"与"侧室"、"内子"与"寒荆"、"娘子"与"贱内"、"良人"与"贱累"、"结发"与"舍下"、"玉雪"与"山妻"，以及"孟光""古剑""夫人""荆妇"，等等。现代又加上了"老婆""婆姨""婆娘""爱人""太太""领导""另一半""半边天""孩子妈""那口子""屋里的""家里的"，等等。

此外，大量的方言和成语、掌故和妙用美不可言、美不胜收；双关语、歇后语和字同音不同，音同字不同；同字不同义，同义不同字等在变幻莫测的神奇转换中演化出几近无限的可能性。其诗词歌赋、书法篆刻、对联字谜，更是令人称绝。

遗憾的是现如今跨国资本汹涌，语言消亡的速率竟远高于物种灭绝。我们美丽的语言也面临危机。首先，"五四"新文化运动的激进者倡导世界主义，恨不得用世界语取而代之；其次，"全球化"（实则跨国资本主义化）时代的资本支配者正以其强势话语冲击各相对弱小民族赖以生存的根基——我们的母语。

《红楼梦》中人（探春）说得好，"可知这样大族人家，若从外头杀来，一时是杀不死的，必须先从家里自杀自灭起来，才能一败涂地"。且不说世界语运动，即便是白话文，其彻底程度就多少伤害了汉字美丽的炼字传统，譬如它惜墨如金的简洁。当然，这种简洁很大程度上也是由书写工具的限制造成的，现代造纸业和印刷术则为白话文创造了条件。然而，汉字简体字的推行似乎又恰好与前者矛盾地适成反向：节约笔墨，便于书写。而扫除文盲、普及知识无疑是其重要功用和出发点。同时，简洁犹如快餐便当，也是现代性的重要内容之一。不屑于此的国人终究留下了不屑之言：

亲不见，爱无心，产不生，厂空空，面无麦，运无车，导无道，儿无首，飞单翼，涌无力，有云无雨，开关无门，乡里无郎，圣不能听也不能说，买成钩刀下有头，轮是人下藏匕首，进非更佳反朝井走，可魔仍是魔，鬼仍是鬼，偷仍是偷，抢仍是抢，贪仍是贪，骗仍是骗，黑仍是黑，黄仍是黄，赌仍是赌，毒仍是毒……

话虽如此，然亲爱的母语，我还是爱你，无论古今，任凭繁简。没有你，就没有我们、俺们、咱们……何况魔鬼、偷抢、贪骗和黑黄赌毒，责不在你；再说你"愛有心""親相见"的时候，我们也不尽是"仁义礼智信""温良恭俭让"啊！

座右铭

我这代人的第一个座右铭多半是"为人民服务",因为那时候学校关门了,我等没赶上"好好学习,天天向上"。后来才知道,"为人民服务"这座右铭原不是毛主席他老人家空穴来风拍拍脑袋瓜杜撰的,它其实是范仲淹"先天下之忧而忧,后天下之乐而乐"的现代版;再往前推,则还有孟子的"乐以天下,忧以天下";或孔子的"己欲立而立人,己欲达而达人",等等。

座右铭据传始于汉,是中华民族的一种重要励志美文。早年有崔子玉的《座右铭》,曰:

> 毋道人之短,毋说己之长。施人慎勿念,受施慎勿忘。世誉不足慕,唯仁为纪纲。隐心而后动,谤议庸何伤?毋使名过实,守愚圣所臧。在涅贵不缁,暧暧内含光。柔弱生之徒,老氏诫刚强。行行鄙夫志,悠悠故难量。慎言节饮食,知足胜不祥。

行之苟有恒，久久自芬芳。

据称白居易对之好生艳羡。至于何以唤作"座右铭"，则又有故事。相传我国古代有一种欹器，类似于爵，却形似不倒翁，也是酒器。它酒亏时倾，斟中则直，太满了又会倾斜。春秋战国时期，齐桓公非常喜欢这种器皿，用以警戒自己，不要骄傲自满。齐桓公死后，后人为他建造庙堂时也没忘记将此器皿放入庙堂之中供人祭祀。一次，孔子带着弟子到庙里来拜谒，见到这种器皿，觉得很奇怪，就向人询问。有人告诉他，这是欹器。孔子于是想起了齐桓公的故事。他指着欹器对弟子们说，此物酒亏时倾，酒至一半就直立起来，但装满了就又会倾斜，所以齐桓公总是把它放桌子右侧，用来警诫自己决不可以骄傲自满。说罢，他让弟子取水演示了一番，并告诫大家：这就是所谓的"谦受益，满招损"。读书做人皆如此。

"文革"结束后，我等重返学堂，接踵而至的是无尽的书本。如此，各种中外名人的座右铭纷至沓来。譬如培根的"知识就是力量"，马克思的"劳动创造世界"，等等。但是，所有外国格言警句总透着翻译味，唯四字格成语，五言律或七言律及相应的绝句，甚至四、六字的骈文那才叫美。

所谓人同此心，心同此理；也许正因为如此，裴多菲的诗句被译成了"生命诚宝贵，爱情价更高，若为自由故，两者皆可抛"，尽管后来听说此译文并不忠实。

再后来，国学兴起，孔孟程朱连同曾国藩、张之洞等一并归来。于是孔孟之道，甚至曾氏家训成了很多人的座右铭，如"德不孤，必有邻"；又如"富贵不能淫，贫贱不能移，威武不能屈"；复如"饿死事小，失节事大"；或则"慎独则心安，主敬则身强，求仁则人悦，习劳则神钦"；甚至老前辈范文澜先生的"板凳要坐十年冷，文章不写一句空"或季羡林先生的"有为有不为，知足知不足"，等等。各种"励志铭""警醒铭"纷至沓来。

但时移世易，令我等突然看到并大开眼界的是，居然有人将"不劳而获""逢赌必赢""人不为己，天诛地灭"等当作座右铭了，而且广而告之。同时，"高帅富"取代了"高大全"，"心里美"变成了"白富美"。呜呼！端的是山中方一日，世上忽千年矣。这其中也有令人释然的地方，比如心口如一（哪怕为他人所不齿）。

脑筋急转弯

小时候走亲戚，到姨妈家一住就是好几个星期。姨妈家在山区，每次去她家，我们兄妹几个都要翻山越岭、煞费周章。但山区自有山区的好处，满目葱茏、万木争奇不说，山区人古道热肠、风俗淳朴令人难以忘怀。他们称我们为"街上人"，奉我们若上宾。因此，请客吃饭是免不了的。不仅姨父家八竿子打不着的亲戚排队请吃，就连左邻右舍也不甘落后。而我们则大包小包像圣诞老人似的带足了礼物。那时节市场极其匮乏，要啥没啥，日常用品也都是凭票供应。现在想想，真有些天地玄黄、宇宙洪荒的感觉。但当时做客像过节，我们挨家挨户地吃，挨家挨户地送。我记忆当中，那些礼物无非是红糖白糖、糕点果脯，甚至还有牙膏肥皂。它们不是平素积攒的，便是托人走后门"搞"来的。

山区晚得早，一到晚上天昏地黑的伸手不见五指，尤其是在阴天，除了各家各户星星点的油灯，几乎再无一丝光线。我们小孩子无所事事，表兄弟表姐妹们只好缠着大人讲故事。大人们说了，黑灯瞎火的不许出去。可总让讲故事，他们又觉得太费心思，就会拣些谜语让我们猜。

猜谜是人类诸多嗜好或智力游戏之一。全世界怕是找不出一个地方没有谜语的。但中国是名副其实的谜语之乡。盖中国除了一般意义上的谜语，还有许多字谜。后者完全是由汉字的特殊性所决定的，别人无法企及。

西方最有名的谜语要数斯芬克司之谜，"俄狄浦斯"神话便是围绕这个谜语展开的。当然，这个神话的源头在东方，在埃及。汉字主要由我国人民创造，且我们古来喜爱猜谜。因此，谜语的种类非常之多，有天体自然、人道生命、飞禽走兽、昆虫游鱼、树木花草、文教体育、器物家居、交通建筑、科学技术、军事政治、经济外交、医药卫生，等等，俨然宇宙万物，无所不包。

不知何人不知避讳，说姨妈是二婚，早先年轻轻就守了寡，后来才"改嫁"到这穷乡僻壤的。姨妈的绝招就是让我们猜谜语，而且谜底必得第二天才揭晓。我们刚愎自用，以为猜着了，就得意地睡了；没猜着的，累了，也会乖乖地睡去。

"麻屋红帐白胖子"打一物（花生）；或"无风不开花，有风花连花，花外有花絮，似花却非花"打一自然景物（浪花）；又或"东单西单"打一字（竹）；再或"二字合一字，大字吃小字，东南西北走，还是这个字"打一字（回）；还有稍难一点的如"藕断丝连"打一词（飞白），或"山外青山楼外楼"打一成语（层出不穷），等等，真是五花八门，简直令人眼花缭乱、挖空心思。

女儿小时候也爱听故事，尤其是在入睡之前。大人越讲越累，越讲越困，她却翻来覆去没睡意。一如当初我们听样板戏，有些故事她渐渐烂熟于心，几可倒背如流。于是，每次讲到王子找到睡美人，孩子就会接下去说"吹口气，她就醒过来了"。这时家长若因势利导，教孩子识字，一准事半功倍。但有时我也会学姨妈偷懒打盹，让孩子猜谜语。猜着猜着她就长大了，反过来考我们，但已然不是猜谜，而是玩脑筋急转弯。

"为什么和尚尼姑都往北方跑？"

"是因为北漂吗？"

"不，因为南无阿弥陀佛！嘎嘎嘎……"

"什么情况下一加一不等于二？"

"算错的情况下。"

"不，老公加老婆的情况下。哈哈哈……"

忽然间游戏改变了轨辙……

少读《三国演义》

　　这里所谓的"少读"，并非劝人不要多读，而是指本人儿时的阅读。我最早听说（而不是看到）《三国演义》是在老家的街头。仲夏夜，江南闷热，家家户户搬几把竹椅、摊一张凉席在门口熬伏。于是，总有一些不是说书人的说书人自告奋勇，在那里讲三国、说水浒。当时我还很小，几乎搬不动一把椅子，但故事却听得懂了。稍长便不屑于听了，找书来看。

　　逆反心理作祟，我最喜欢的人物居然是睁着眼睛睡觉的张飞。如今想来，张飞称得上是《三国演义》中最富有谐趣意味的一个，而较之于悲剧人物，小孩子往往更喜欢喜剧人物。但凡喜剧，皆具有戏谑性和颠覆性，这也是欧洲文艺复兴运动时期喜剧何以在新兴市民阶层广受欢迎的原因之一。

　　话说张飞身长八尺（比姚明还高），豹头环眼，燕颔虎须，声若巨雷，势如奔马，使一柄丈八蛇矛（这兵器很古怪，又名丈八点钢矛，重50余斤。首先这长度令人惊诧，四米多啊！那不是晾衣服的竹竿吗？矛头还是蛇形的，据言其在百万军中取敌将首级，犹如探囊取物。人说矛头"曲尽其妙"，犹张飞性格，似火焰炽烈。在虎牢关、葭萌关和瓦口隘，丈八矛霸气尽展，显示出霹雳神兵的巨大威力。张飞遇害后，它被传至张苞，后者在与东吴会战中直杀得孙权割地求饶。嗣后，它也就光辉不再了）。小时候总爱将小说与历史混为一谈，后来才听说"写（编）书的是骗子，演（说）戏的是疯子，看（听）戏的是傻子"及诸如此类的说法，也就慢慢懂得了一些道理，譬如小说者，小说也，有真实，更有夸张、有虚构。于是我想，也许张飞本不该使蛇矛，而当用板斧，譬如程咬金和李逵。何也？理由很简单，张飞"世居涿郡，颇有庄田，卖酒屠猪"。一个杀猪者，挥舞板斧岂啻顺手！况这厮生性鲁莽，不拘小节，抡起板斧砍砍杀杀，似更像他。但转而又想，板斧利于步将。于是，我又对张飞的骑术产生了怀疑，一个杀猪的，何来此等骑术？再转而一想，小说者，小说也。

然而，一如孙猴子，张飞这个人物亦庄亦谐，儿时的我对他情有独钟，他是唯一经常可以"开小差"、不听话的。但他并不傻，甚至可以说他有狡黠的一面。就说他义释严颜、醉诱张郃二节吧，都不是一般二般的聪敏。在那个乱世，仅有一夫之勇或万丈豪情是寸步难行的。我还曾由此及彼，联想到李逵那厮，甚至远在西班牙的桑丘·潘沙。

再说《三国演义》中各色人等在我儿时心目中个个伟大，但真正称得上可爱的为数不多。我说过多次，诸葛亮不是人，他是神。我不明白为什么这个人物具备了所有伟人的优点（就像有人不明白缘何蒲松龄笔下的美丽女鬼爱上的总是书生，而非权贵、商贾），简直神了。但是，他哭周郎的把戏始终不能打动我幼小的心灵。恰恰相反，我将它与刘备侠义——骗人的把戏联系在一起。他刘玄德无勇无谋，凭啥让关羽、张飞和赵云，当然还有诸葛亮如此这般地效忠于他？此其一。其二是关羽，侠胆忠肝得让人无话可说，然他那是曹操眼里的"妇人之仁"，说穿了有点不知轻重好歹。至于曹操，文人骂他，可毛主席不骂他，这是立场问题，正如他告诫郭沫若时所言："劝君莫骂秦始皇。"

后来我才明白，文人小说，人文使然。诸葛亮是文人，被倾注文人的人文情怀。正因为如此，《三国演义》并非只有题词宣达的看破，它浸润着一般文人的人文精神。由是，它表现人物并不拘于孔孟之道、程朱理学。它还有释道，甚至更多。老实说，在我不变的心中，罗贯中笔下最毋庸置疑、无可挑剔的人物其实只有两个，一是小乔，二是大乔。作者对这对姐妹花着墨不多，却无意间表现出了强烈的反儒道释精神。加之周郎和孙策这么两瓣由衷而优秀的绿叶衬托（他们的感情对美化人物起到了强烈的化学反应），这对姐妹花简直成了双仙下凡。关键是她们不像诸葛亮，不必为了什么宗室、什么皇叔忍辱负重、惺惺作态。因此，她们是纯粹的，没有像其他诸多女性人物（包括貂蝉）那样被溅满污泥、泼满脏水。我因此不能不想到可怜的潘金莲，那真叫一朵鲜花被迫插在了牛粪上！稍有出轨，她也便成了千古罪人，固非祸国殃民，至少也是祸水，害了武大害西门、害了西门害自己。正所谓"遭人唾弃百年千载，一朝平反尸骨无存"，当然更不知道她魂归何处。真是比窦娥还冤！

再后来有人批《三国演义》，谓它是中华民族劣根性的表征，充满了肮脏的权术和阴谋。呜呼！要那么说，孙子也是个罪人。然而，鲁迅曾极而言之，用两个字概括了所有历史：吃人。批《三国演义》容易，殊不知历史如斯，人心如是！况且经典是历史的产物，我们总不能用当今西方价值的这一个天平判断几百年前的作家作品吧？

今读《水浒传》

有关梁山英雄的民间传说是《水浒传》的基础，经无数说书人的演绎加工，也便成了这番光景。这是学界共识，但这并不否定施氏贡献。

我姑且先撇开《水浒传》，来看一下四大名著的共性。用最简约明了的话说，"四大名著"的最大共性、最神奇之处或在人物描写。相形之下，《西游记》最简练，但不仅师徒四人性格迥异，就连天上神仙、地下妖精也一个个"似而不同"。当然，最重要的是师徒四个，唐僧善得几近东郭先生，让人又爱又憎；孙悟空佛心金睛，亦庄亦谐；沙僧宅心仁厚，属于弃恶从善、立地成佛一类人物；八戒则大可与《三国演义》中的张飞、《水浒传》中的李逵相媲美。如拿"佛"字作画解，那么唐僧是前面的单立人；孙悟空和沙僧就像他身边的两竖；而猪八戒则是那个弯弯绕，是说书人和吴承恩时不时可以拿去幽上一默的。且说八戒还真有点农民相，尽管他曾经是天蓬大元帅；这家伙跟张飞和李逵一样，经常出个岔子、闹个笑话；但与后两位不同的是，他对所持之信（比如张飞或李逵的义）不够虔心，多少有些异心，甚至好色贪心，不时地想开个小差。《三国演义》虽源自历史，却不拘于历史，其人物也是个个生活样心在跳、人在动。然而，作为我国第一部长篇历史小说，《三国演义》的夸张无疑是京剧脸谱的鼻祖之一。它对主要人物的描写均达到了某种极致：谓刘备两耳垂肩，双手过膝；孙权碧眼紫须，生有异相；曹操长眉细眼，身高七尺；孔明八尺之躯，却面如冠玉；周瑜仪容秀丽，英姿勃发；张飞豹头环眼，燕颔虎须；关羽身长九尺，髯长二尺，面如重枣，唇若涂脂……至于性格，那更是表现得出神入化。刘备知人善用，动辄泪如雨下，令人不得不怜、不得不从；孔明运筹帷幄，从容不迫，鞠躬尽瘁，死而后已；关羽智勇双全，义薄云天；张飞勇猛过人，莽中有细；曹操足智多谋，赏罚分明，挟天子以令诸侯，是谓一代"奸雄"；孙权深谋远虑，顾全大局，年少万兜鍪，素有凌云志（"生子当如孙仲谋"是辛弃疾赞美孙权的名句）。《三国演义》诸公虽皆悲剧人物，然以瑜为甚："既生亮，何生瑜"，是谓天问，其与小乔的爱情更乃千古绝唱。相形之下，孔明被神化了，而周瑜却是羽扇纶巾、雄姿英发（苏轼语）的人杰。至于《红楼梦》则何啻世态人情画廊！不仅十二金钗虽一个个美若天仙，然各不相同；遑论府第内外各色人等！

回到《水浒传》，仅一百单八将就够人做一辈子学问的。话说他们皆"梁山好汉"，或谓"贼寇"（就看从什么角度），又何啻栩栩如生，简直人如其面、各不相同，尽管他们当头有一个共同的"义"字。说书人讲《水浒传》，讲得最多的是豹子头林冲、花和尚鲁智深、行者武松、及时雨宋江、黑旋风李逵，抑或还有青面兽杨志、浪子燕青，等等。燕青是我小时候最喜欢的人物之一，他最出彩的是谦逊忠诚；虽说绰号"浪子"，然机敏而老实、倜傥而矜持。他与御妓李师师的艳遇发乎情、止乎礼（或大义兼小义），令人感动。我最不喜欢的人物是宋江和林冲。这是因为施耐庵的价值取向很明显，首先是他对宋江这个人物颇有保留。小押司施点小钱、行点"方便"，居然收买了许多豪杰，且有了"及时雨"的美名。然他何德何能，竟令众英雄慕名而归、"生死相许"？谋招安简直使我等咬牙切齿！其次是林冲的优柔寡断、死而后已的性格也多少令人唏嘘、不以为然。武松身手不凡、勇武过人自不在话下，说他仁义也不为过，但我总觉得他对潘金莲太绝情。说他念在叔嫂关系拒绝爱情固可，说他真君子坐怀不乱也好，然无论如何，他都不应该对潘金莲这么一个可怜的女子如此不留情面，以至于她最终红杏出墙。他完全可以用更智慧、更委婉的方法，譬如逃之夭夭，给人一点余地、一点尊严、一点希望。当然，这是我小时候的天真想法，也算是一种怜香惜玉吧。诚然，孔孟之道、程朱理学在那儿呢，潘金莲怪不得施耐庵，也怪不得武松，怪只怪她生不逢时。还有李逵，杀人如砍瓜切菜，颇让人想起"9·11"，从而怀疑革命与恐怖主义的界限。总之，《水浒传》人物不论着墨多寡，几乎个个出彩。女性也不都是潘金莲那样的冤魂、阎婆惜那样的祸水，或者顾大嫂、孙二娘那样的悍妇。一丈青就很是可爱，有勇有谋、才貌双全，为人为武颇有见识，只不过一个"义"字将她这朵鲜花插在了牛粪上。这未免夸张，并让人唏嘘之余更加不屑于为了所谓的承诺而乱点鸳鸯谱的宋江其人。

再说《水浒传》和《三国演义》一样，不断成为被批判的对象。概而括之，一曰满篇权术，二曰文皆盗义。这是免不了的。首先，它们远非十全十美，从谋篇布局上相当任意，甚至可谓虎头蛇尾，几个人物占去大半篇幅，厚此薄彼所在皆是；其次，它们是时代的产物，自然具有时代所赋予的诸多问题，而今人则往往用现代眼光加以苛责，甚至拿现代西方人道主义大肆鞭笞（这不仅缺乏起码的历史观，而且无视草根的基本诉求。当然，鲁迅说得在理，"'侠'字渐消，强盗起了，但也是侠之流，他们的旗帜是'替天行道'。他们所反对的是奸臣，不是天子，他们所打劫的是平民，不是将相。李逵劫法场时，抡起板斧来排头砍去，而所砍的是看客。一部《水浒传》，说得很分明：因为不反对天子，所以大军一到，便受招安，替国家打别的强盗——不'替天行道'的强盗去了。终于是奴才。"毛主席则说得更为明确，他说："《水浒》这部书，好就好在投降。做反面教材，使人民都知道投降派。"毛主席还说："《水浒》只反贪官，不反皇帝。屏晁盖于一百零八人之外。宋江投降，搞修正主义，把晁的聚义厅改为忠义堂，让人招安了。宋江同高俅的斗争，是地主阶级内部这一派反对那一派的斗争。宋江投降了，就去打方腊。"毛主席这里有一点令今人不解，即他既已执政，缘何要反"皇帝"。这一点正是近来"告别革命"说的一个依据，但若以毛主席他老人家的浪漫主义视之，则或可理解为反资防修的"继续革命"）。

然而，无论如何，《水浒传》人物令人过目不忘的事实足以让今天的作家感到汗颜，尽管后者有意无意地不再那么关注人物，甚至轻视了人物的塑造。这是历史的过错。文学走到今天，其各色人物从蹒跚学步到长大成人，及至老去……

在西方，亚里士多德曾经十分关心人物的作用，他在《诗学》中将情节界定为悲剧（和史诗）的首要因素，而情节也即人物行为过程。诗（文学）的崇高和庄严都必须通过人物得以呈现。嗣后，达·芬奇作为文艺复兴运动的代表，同样视人物为一切艺术的灵魂，并认为"人物的形态和表情应表现人物的内心"。19世纪，恩格斯在总结批判现实主义文学时提出了"典型环境中的典型性格"的著名论断。20世纪，高尔基又将文学命名为"人学"。人物塑造从天神压迫或提携下的"孩子"慢慢成长，直至出落成文艺复兴运动和19世纪的"真正的人""大写的人"，比如堂吉诃德、哈姆雷特、鲁滨孙、简·爱、冉阿让、安娜·卡列尼娜，等等。即使是吝啬鬼，如夏洛克（《威尼斯商人》）、阿巴贡（《吝啬鬼》）、葛朗台（《欧也妮·葛朗台》）和泼留希金（《死魂灵》），也各有各的吝啬。

但是好景不长，现代主义很快放弃了人的塑造，于是变形和抽象取代了入木三分的精雕细刻。这是有原因的，我在别处说过，这里就不重复了。需要添足的是关于李逵做官，因为它使我想到了桑丘。后者也是个地道的农民，他跟随堂吉诃德，就像李逵追随宋江、张飞结义刘备。有趣的是，他俩做官都是一场游戏。在"坐堂"一节中，作者拿李逵当笑柄，好生嘲笑了一通，读者则从中提炼出歇后语，谓："李逵断案——强者有理"。桑丘固然扮演了木偶一样的角色，却无意中显示了愚钝的反面：机敏。

话说《西游记》

话说《西游记》被戏说、恶搞，乡贤章金莱（六小龄童）颇为愤懑，以至于不惜"以身试法"、对簿公堂。我理解他的良苦用心，作为声援，便有了这则短文。

不像我孩子，看着《西游记》长大；我辈不幸，从小没"小人书"看。因此，我看《西游记》是在"文革"后期，当时邓小平复出，而我在中学读书，并自告奋勇到图书馆当义务管理员。这一当不要紧，居然从封存的书堆里找到了不少好玩意，其中就有《西游记》。老实说，我看《西游记》一直在笑，笑唐僧迂（苦笑不迭！），笑猪八戒黠（可气可笑！），笑孙悟空精（服膺的笑！），笑沙和尚憨（会心的笑！）。当时我13岁，以为自己已经长大。后来真的长大了，慢慢有了些阅历，便开始拿师徒四人比附国民，乃至国民性，谓唐僧像儒，八戒像商，悟空像侠，沙僧像民。而他们之外的那一拨神仙是高高在上的官僚主义，而白骨精们是为非作歹的匪。

　　一如蒲松龄是书生，因此美丽的女鬼都爱上了书生；吴承恩也是书生，所以妖怪都喜欢唐僧。而唐僧又何尝不是书生？！他所做的其实是现代意义上的"洋插队"——先留学，而后译经传学。吴承恩无非是夸大了我等儒生的迂腐劲儿，要说信仰这东西就是厉害，无论释道儒侠，还有各色主义，一旦信了，也便身不由己。于是，唐僧心心念念的是他那一亩三分地。但他是幸运的，因为他成功了，而许多儒生却成了范进。孙悟空是侠义的化身，义肝忠胆、火眼金睛，却不乏逆反心理；讲道义、有信仰，但不墨守成规。他是孩子德育教学的好范例，盖因他是非分明，乃古来忠臣名士的代表。沙僧是芸芸众生，他勤勉敦厚、任劳任怨，不到万不得已决不轻易还手。八戒的两面性，甚至多面性则最可用来比附一般意义上的国民性，甚而劣根性。他狡黠，但只是小聪明；贪吃贪色，却又惰性十足、不思进取；时不时地占点便宜、开个小差，吃亏时不是阿Q似的自我安慰，便是蛮不讲理地抱怨别人。

　　话说孙悟空代表正义，但总是先吃亏后胜利。初读《西游记》，总觉得吴承恩他老人家的逻辑有点问题。想他孙大圣如此了得，大闹天宫，搅得玉皇大帝及众仙无计可施，但到凡间却每每被妖怪捉弄，而且那些个妖怪不外乎诸位神仙的坐骑、宠物、童仆，甚至器物罢了。这样的"逻辑问题"，

《水浒传》《三国演义》中多少都有。

这且罢了，但说师徒四个少有时代特征。这是中外一干名著所稀有和罕见的。他们可以从魏晋南北朝一直"活"到大清帝国，甚至更早或更晚。若非大唐皇帝封了唐僧一个"御弟"，那么我的推想是完全可以成立的。说到这一点，我不禁想起英国文学史上的一次争论。那是在约翰逊和布莱克之间进行的。在前者看来，一流的诗人写永恒、写普遍，二流的诗人写现实、写特殊；而后者的观点恰好相反，认为永恒是不存在的，只有暂时和个别才是真实的、可靠的。而我的前辈钱锺书先生似乎更倾向于支持约翰逊，于是他在《围城》的序言中开宗明义，要写无毛两足动物的"基本根性"。我想他老先生之所以喜欢《西游记》胜于喜欢《红楼梦》的根本原因，也许就在于兹。

诚然，作为审美意识形态，文学名著妙就妙在它们是说不尽的。卡尔维诺对名著的界定就是这个方向，而且简单直接：它们是那些能反复阅读，并每每使人有所新得的作品。这自然是有一定道理的。不过《西游记》在这方面是个例外，譬如我可以依次无数遍地阅读《红楼梦》《儒林外史》《三国演义》，甚至《水浒传》，却再无重读《西游记》的冲动了。也许是自己真的长大了，甚至老了。问题是它又明显老少咸宜，就像《米老鼠和唐老鸭》；也许它太让人过目不忘了，因此无须看第二、第三遍也未可知，除非是为了研究。同样，《聊斋志异》也是我钟爱的名著之一，但自年轻时读过后，也就没了重读的雅兴。说到后者，我也许还可以为这样的名著加上一条无须再读的理由，那就是它们的故事多少有些重复，譬如《聊斋志异》中遇到狐仙丽鬼的总是书生，而《水浒传》四十回之后及至招安之前每一个前来攻打水泊梁山的皆有万夫不当之勇或奇招异器，但一旦上了梁山也就基本默默无闻了；再有一比，那便是美妙的侦探小说，一旦机关破解，你知道了它的结局，阅读的快感也便消减了许多。

诚然的诚然，我最近忽然又萌发了重读《西游记》的兴致，诱因很简单：得了章先生所赠《六小龄童品西游》。他对《西游记》的执著拥戴确实令人感动。我想他不仅是因为在荧屏上的成功表演，还兼有猴戏世家对美猴王的价值和审美认同，更由于孙悟空在他眼里心中承载了民族对真、善、美的基本认同。就我本人而言，虽喜欢程度有别，然对民族经典的守望是与之相同的。盖因它们是民族认同感和凝聚力的基础，一如中文和乡情。打倒了经典、忘却了乡情、废黜了中文，也就打倒了中华民族，取而代之的必定是别人的语言、别人的经典、别人的一切。

也说《红楼梦》不可续

　　最近,《红楼梦》因西方文艺刊物的一项民意调查当选"最难读"的文学作品之一,而且名列榜首。紧随其后的是《尤利西斯》和《百年孤独》。说后两者难读难懂情有可原,盖因乔伊斯原本就没想让人轻易读懂,而马尔克斯那没完没了的魔幻也着实令人目眩。可《红楼梦》是写人情世故的(用冰心的话说是家长里短、儿女情长),再加一点释道与儒的纠葛,有文化的不应该读它不懂,除非你太不了解中国。

　　说到了解,我倒是真遇到过不少把中国想象成"远古国"或"外星国"的。想当初我有幸跻身"文革"后第一拨留学生,稀里糊涂地出了国。经法国,再到美国,而后还到了墨西哥。一路上着实招来了不少老外的好奇目光,甚至有老外问到中国女人还裹不裹脚,我们的头发是否因出国才被迫剪掉的。诸如此类,不一而足。至于《红楼梦》,知道的人少之又少,读过一点的更是凤毛麟角。倒是有一些读书人知道老子、孔子和《金瓶梅》《聊斋志异》的,再就是左翼知识分子大抵都知道毛泽东和红卫兵。

当然，也有博尔赫斯那样的蠹书虫。他老先生不仅知道嬴政的母亲那一出，而且确实读过《红楼梦》。他说秦始皇筑长城、焚书坑儒是为了从空间和时间双重意义上阻断历史，使自己获得永生。他还说《红楼梦》是一部幻想小说，而其中令人绝望的逼真只不过是为了使幻想变得更为可信而已。照他这么一说，这幻想也太"酷"了点儿。首先，《红楼梦》基本不写好人，这姑且可以看作"梦中人"林黛玉林妹妹的了悟吧。既无好人，哪来好事？即或有之，那也是暂时的，是无数悲剧叠加的诱因。说到悲剧，王国维拿叔本华的悲剧理论评论《红楼梦》是有道理的。在他之前，梁启超也曾说到一个"悲"字，谓《红楼梦》《水浒传》有余悲，有余怒，有浸力（他曾用"熏、浸、刺、提"四字对应孔子的"兴、观、群、怨"）。且说王国维则完全用悲剧理论解析《红楼梦》，第一章援引老庄思想，即"人之大患，在我有身""大块载我以形，劳我以生"。第二章颇具佛教精神，谓玉即欲，也即痛苦（让人想起"色即为空，空即为色"；红意在解脱，艺术之务在写人生之苦难及其解脱之道）。第三章写叔本华的悲剧三分法：恶人作祟、命运作弄、人自作怪（或曰人际关系），《红楼梦》属第三种。第四章写《红楼梦》的伦理价值，谓世界各大宗教均意在解脱，《红楼梦》也一样，而且它的伦理价值恰恰在于摆脱一切伦理束缚。虽然蔡元培用"索隐三法"看到了《红楼梦》的政治：宝玉即胤礽，"石头记者，康熙朝政治小说也"，意在反清复明。而胡适却从另一个角度"考证"了曹雪芹"自传"说。他的考证法为周汝昌等后来者所推崇。但《红楼梦》的悲剧说一直没有遭遇强大的反驳。当然，《红楼梦》也不尽是悲剧。首先，《红楼梦》的丰富性提供了不同的读法，用鲁迅的话说，"经学家看见《易》，道学家看见淫，才子看见缠绵，革命家看见排满，流言家看见宫闱秘事"。其次，刘姥姥搞笑不可谓不喜剧。正因为如此，金克木先生认为刘姥姥在大观园的所作所为不合情理，这反证了我的判断：曹雪芹有意搞笑，同时又借此获得了陌生化效果。这虽然有些不合情理，但宝钗的圆熟、黛玉的才情也有些不合情理。然她们是天仙下凡，来还债的，自然与常人不同。但既与常人不同，她们又缘何处处为人情世故所累，不能自拔。这就怪不得俞平伯先生要说《红楼梦》不可续了。倘使八十回打住，那么后面的结果就不是这个结果了，它应该是开放的，是没有结果的结果：似梦非梦。那样一来，作品的情理也便十分圆合，内在逻辑也便更加严谨了。不过那样一来，老外恐怕更读不懂它喽。

　　然而，大多数读者依然喜欢看到结果，无论它是悲剧还是喜剧式大团圆。至于《红楼梦》最出彩的人物描写，则信手拈来，个个出彩！一个焦大、一个薛蟠，或者一个平儿、一个晴雯……遑论十二金钗！总之，书中随便哪个都够人瞧的。然而，我自小觉得唯有一个人物不太可信，那便是秦可卿。若说她是天仙下凡，却何以委曲求全、既受辱又自侮，难道仅为诲宝玉云雨之事、喻凤姐家破之祸？这么一位兼有宝钗之惠、黛玉之美，鲜艳妩媚、婀娜多姿的"妥帖之人"（贾母最中意之人）竟又是"情天情海幻情身，情既相逢必主淫"的角色。何也？倘非神差，及彼先见，她必是古来第一淫妇，大小通吃，淫得够乱；然神差者，包括《红楼梦》中诸人的"在天之灵"乃曹雪芹"假作真时真亦假，无为有处有还无"的写照，也是他老人家虚虚实实、神来之笔的显证。

保卫母语

人类文明的历史具有取代性、颠覆性和不可逆性。资本主义是历史的必然，一切悖逆只不过是明知不可为而为之。如是，跨国资本主义正在使人类价值、审美乃至语言向资本支配者趋同。于是，人类文明的生态危机必然显形，而且已然显形。但是，存在不一定合理，必然不等于理想。于是，尽可能地守护美好的民族传统不仅是出于文化生态多样性的需要，更是重情重义的君子之道、人文之道。而文学在这中间起到了中流砥柱的作用。盖因文学是加法，向着理想而在，而且不可再造。套用阿瑞提的话说，如果没有哥伦布，总会有人发现美洲；没有伽利略，也总会有人发现太阳黑子；但若没了曹雪芹，又会有谁来创作《红楼梦》呢？这种不可替性和偶然性决定了文学作为民族文化基因或染色体的重要地位。此外，文学的伟大传统之一是充满理想主义色彩的保守。孔子克己复礼是因为"礼崩乐坏"；王国维之死是基于"今不如昔"（即"五十之年，只欠一死，经此世变，义无反顾")。当然,这并不是说只有传统的才是美好的,而是在于如何使传统获得升华与新生。瓦格纳的名言是"不要模仿任何人"。即使模仿也是为了创造的继承,而非简单复制。撒切尔夫人关于中国只产出商品、不输出思想的说法显然是在指斥我们缺乏思想。

我们当然不缺思想,但伟大思想的形成并不能一蹴而就,文学理论亦然。如今,我们并非没有可能,更不应坐以待毙。我们有能力探寻和把握事物规律,我们拥有马克思主义、中国传统文化及国际国内社会主义实践的经验教训等极为丰富的思想文化遗产。遗憾的是目前充斥我国文坛的恰恰是山寨版产品,以至于精神垃圾较之有毒食品、伪劣货物更有过之而无不及;学术伪命题及去心化现象比比皆是;文学语言简单化(却美其名曰"生活化")、卡通化(却美其名曰"图文化")、杂交化(却美其名曰"国际化")、低俗化(却美其名曰"大众化")等等,以及工具化、娱乐化等去审美化、去传统化趋势在网络文化的裹挟下势不可挡。进而言之,作为我们民族文化根脉和认同基础的语言正日益面临被肢解和淹没的危险。看看我们的文艺作品(比较极端的例子如新近的《亲密敌人》,相对普遍的则是夹生洋文充斥的新新文学、网络书写),但凡敏感一点的、读过都德《最后一课》

的人都会毛骨悚然，因为这才是真正的釜底抽薪。面对外邦入侵，都德借人物"老师"之口对同学们说："只要法语不灭，法兰西将永远存在。"而当今世界，弱小民族（部落）的语言正以高于物种灭绝的速率迅捷消亡。难道我们不应对自己的语言危机有所警觉吗？遗憾的是事实并非如此。我们的许多知识分子尚且缺乏意识和警觉，况乎少男少女！诚然，即使是在同属西方体系的欧洲，譬如法国、德国、意大利或西班牙等等，像《亲密敌人》这样的影片大抵不会有人去拍，且不说它所张扬的是那样一种浮世绘式的西化的"虚荣尚贵"生活。

凡此种种所承载或导致的价值混乱和认知错乱愈演愈烈。中华民族又到了最危险的时候！然而，危机是全人类的。用我们古人的话说，"城门失火，殃及池鱼"；"覆巢之下，安有完卵"。如今，就连某些西方国家的知识精英也感到了来自资本主要支配者的话语压力。都德所谓"只要法语不亡，法兰西将永远存在"的著名论断有可能反转而成为箴言。强势的资本话语似黑洞化吸，正在饕餮般吞噬各弱小民族赖以存在的基础。传统意义上的民族文学作为大到世界观，小至语言、风俗、情感等等重要载体，正在消亡。其症候之一便是日益呈现在我们面前的"国际化"（主要是美国化）流行声色。

人类藉人文以流传、创造和鼎新各种价值。民族语言文学作为人文核心，其肌理决定了它作为民族认同的基础和文化基因或精神染色体的功用而存在并不断发展。因此，民族语言文学不仅是交流工具，它也是民族的记忆平台、审美对象，而且还是民族文化及其核心价值观的重要载体。这就牵涉到语言文学与民族之间那难分难解的亲缘关系。正因为如此，第二次世界大战以后，当有人问及丘吉尔，莎士比亚和印度孰轻孰重时，他说如果非要他在两者之间作出选择，那么他宁要莎士比亚，不要印度。当然，他这是从卡莱尔那里学来的，用以指涉传统。而语言永远是最大的传统。问题是，我们在做些什么？从幼儿到研究生，国人对英语的重视程度已然远甚于母语，以至于不少文科博士不擅用中文写作，遑论文采飞扬。于是，有家长愤而极之，居然将孩子关在家里并用《三字经》《千字文》及四书五经等弘扬"国学"、恢复"私塾"。殊不知人类是群居动物，孩子更需要集体。多么可怕的两难选择！

总之，西风浩荡，肯德基和麦当劳、好莱坞和迪斯尼占据了全球儿童的共同记忆，而英语正在成为许多中国孩子的"母语"。这才是最糟糕的本末倒置。

关于传统

如果说我们的传统源自三皇五帝，至少我们得清楚三皇五帝是谁。而事实上，我发现大多数同胞根本不知道三皇五帝是谁。这也难怪，因为学术界对此尚无定论。然而，即使学术界没有定论，言者亦当自知。

不仅一般人等如此，学术界人云亦云、小和尚念经的情况也比比皆是。比方说"远东""契丹"，甚至"支那"，随口一说是一回事，知其然是另一回事，而所以然的追问与思考在很多时候却常常是阙如的。同样，对于自己的传统，其实我们也所知甚少、所思更少。

不消说，我们几乎天天都在谈传统，天天活在传统之中。但就传统这个东西而言，却非三言两语可以道尽，远不及"黑头发、黑眼睛、黄皮肤"那么来得容易（尽管《现代汉语词典》的解释也只有23个字："世代相传、具有特点的社会因素，如文化、道德、思想、制度等"）。盖因传统大多并不具象，它和文化、道德、思想一样抽象。而词典所说的社会制度、社会因素又恰好是变迁的。从这个意义上说，我宁可相信一切传统归根结底都是时代的选择（就像克罗齐说的那样，"一切历史都是当代史"），而非简单的世代相传（用赫拉克利特的话说，"人不能两次踏进同一条河流"）。换言之，它或它们取决于时人对古来（包括境外）思想、习俗、经验、常识等诸如此类的认知和接受。汉武帝时由"黄老之学"转为独尊儒术是中国古代的一次巨大的思想运动。太史公以"究天人之际，通古今之变"，"稽其成败兴坏之理"记述了这次巨变，从而否定了董仲舒"天不变，道亦不变"之谓。魏晋玄学及众多谶纬之术的流行则多少应该归功或归咎于时人对释道等传统思想的借鉴或歪曲。一如马克思只有一个，但不同民族、不同时代可以有自己的理解和侧重；文学的诸多原理、诸多经典同样面临时代和接受者的偏侧。后者确实可以反过来丰富前者；但无论如何，这种丰富（或"民族化""中国化"）的底线终究应该是合理的互动，否则就会滑向极端主义（譬如相对主义或实用主义、虚无主义或机会主义，譬如后现代主义，等等）。如是，窃以为传统恰似万花筒，古来（包括外来）的那些"玻璃片"是相对客观的（比方说我们暂且可以将我们传统的一个重要发端设定在先秦，尽管先秦及诸子对于之前的传统也是有取舍、有推演、有鼎新的；后来又加上了佛教以及印欧或古希腊文化、两河流域或犹太—基督教文化，甚至还有晚到的伊斯兰文化以及近现代的科学理性等等，这就已经相当庞杂），但它们应后来人等演化出的斑驳景象却主要是时世的取舍。由是，性善论和"天人合一"为我们的传统思想，性恶论和"天人分离"亦然。而且，两者之间的巨大空间包含着上至神话传说，下到谶纬之术、技术理性、资本逻辑等诸多内容。总之，发肤为父母所赐，文化系先人所传。发肤尚且可以更改，况文化乎？就看我们如何去粗存精、去伪存真了。

这里不存在简单的好与不好、是与不是问题，关键在于立场。诚然，中华民族再不能翻烧饼似的重建庙宇、再塑金身了。守护母语事关重大！

当然，传统是历史的，因而也是变化的。曾经的大美，变成非美，譬如女人裹足；曾经的有用，变成无用，譬如读书。说到这里，我忽然想起了马可·波罗。他老人家的中国游记妇孺皆知，但他居然绝口不说中国人用筷子这个细节。此外，他对女人裹脚也只字未提。而这些细节恰恰构成了我们的传统（曾经的传统），而它们的阙如则正是学术界存疑或否定马可·波罗曾经到过中国的理由。

问题就是这么复杂！

民族的与世界的

都说"民族的就是世界的",这个命题本身毋庸置疑。人们大多将此命题归功于鲁迅,但鲁迅的原话是:"现在的文学也一样,有地方色彩的,倒容易成为世界的,即为别国所注意。打出世界上去,即于中国之活动有利。可惜中国的青年艺术家,大抵不以为然。"(《致陈烟桥》)

然而,我不妨就此进行一番逻辑推理:"民族的就是世界的"或"越是民族的就越是世界的"符合逻辑(甚至逻辑得像废话),但似乎并不合乎实际。反之,"民族的不是世界的"或"民族的并不一定是世界的",倒听起来像悖论,譬如白马非马或绿叶非叶,但事实又常常如此。换言之,正如各色叶等与叶的关系、各色人等与人的关系,任何民族都是世界的组成部分,反过来说,世界也理应是各民族之总和。这就是说,民族与世界,本应是个别与全体的关系,但现实常常不尽如是,它有所偏侧。于是,世界的等于民族的似乎更符合实际;至于世界是谁,请允稍后再禀。

类似的伪命题还有："没有继承就没有创新""形式即内容"，等等。

创新确实离不开继承，这是常识。然而，继承针对已然和过去，创新面向不曾和未来；二者的关系究竟如何却非三言两语可以说清，故而它往往只是人们随口一说，却缺乏学理支撑和深入探赜的"常识"。

"形式即内容"是现代文学的一个重要命题，与文学性（甚至现代性）等重要话题密切关联。反过来说，20世纪西方学界围绕文学性的讨论大抵与此有关，当然问题的提出可以追溯到浪漫主义、启蒙运动、古典主义甚至更早，比如巴洛克艺术等。

如此推论听起来像诡辩，却可使"常识化"的命题成为问题。类似情况多多，而我之所以拿上述三个为例，主要是因为它们有一个共同的指向，那就是传统（广义的民族传统或狭义的文学传统）。其次，它们及诸如此类恰似芝诺悖论、公孙悖论或罗素悖论，一经提出就可能入心入脑，引发思考，而且事实如此。然而，很多人在使用术语、概念、理论时并不关心它们的来龙去脉，一如小和尚念经，有口无心。在日常生活中，我们也经常犯同样的错误，一是轻视常识，二是缺乏常识（当然常识本身也有被否定的）。这两者皆可以通过传统这个问题来加以说明。但这需要基本的学术史精神。随便举个例子，如果说我们的传统源自三皇五帝，至少我们得清楚三皇五帝是谁。而事实上，我发现大多数同胞根本不知道三皇五帝是谁。即使学术界没有定论，言者亦当自知，就像我们列举的三个命题：随口一说是一回事，知其然是另一回事，而所以然的追问与思考却常常是阙如的。

　　然后，世界是谁？它常常不是全人类的总和。往大处说，世界常常是少数大国、强国；往小处说，世界文学也常常是大国、强国的文学。这在几乎所有世界文学史写作中都或多或少有所体现。因此，世界等于民族这个反向结果一直存在，只不过它从来没有像今天这样表现得清晰明了和毋庸置疑。盖因在跨国资本的全球化进程中，利益决定一切。资本之外，一切皆无的时代已经来临。而全球资本的主要支配者所追求的利润、所奉行的逻辑、所遵从的价值和去民族化意识形态色彩，显然与各民族的传统文化不可调和地构成了一对矛盾。如何从我出发，知己知彼，因势利导，为我所用地了解和借鉴世界文明成果，取利去弊、有持有舍、进退中度、创造性地守护和发扬全人类的美好传统，使中华民族在物质和精神的双重层面上获得提升和超拔，无疑是中国作家、中国学者和全体中华知识分子面临的紧迫课题。它不仅对于中华民族的伟大复兴至为重要，对于守护世界文明生态、抵抗资本的非理性发散与膨胀同样意义重大。

当然，我并不否定跨国资本主义是人类社会发展的必然一环，即资本在完成地区垄断和国家垄断之后实现的国际垄断。它的出现不可避免，而且本质上难以阻挡。马克思正是在此认知上预言了"全世界无产者联合起来"：不分国别、不论民族，为了剥夺的剥夺，向着资本和资本家开战，进而实现人类大同——社会主义。但前提是疯狂的资本逻辑和技术理性让世界有那么一天（用甘地的话说，"世界足够养活全人类，却无法满足少数人的贪婪"）；前提是我们必须否认"存在即合理"的命题，并且像马克思那样批判资本主义。这确乎是一种明知不可为而为之，但若不为，则意味着任由跨国资本毁灭家园、毁灭世界。

因此，我们的当务之急是向马克思学习，在认清资本丑恶本质的基础上批判跨国资本主义，从而对诸如波拉尼奥、村上春树、纳瓦勒·赛阿达维、伊萨贝尔·阿连德等东西方国家的"国际化"写家以及我们的某些80后、90后作家，甚至知名作家的去传统化写作保持足够的警觉。由此推延，一切淡化意识形态或去政治化倾向（尽管本身也是一种意识形态和政治）同庸俗社会学一样有害。在此，苏联解体之前的文学形态为我们提供了不可多得的前车之鉴，而苏联（特别是流亡）作家接二连三的诺贝尔奖同样意味深长。但是，更加意味深长的是苏联解体之后俄罗斯所遭受的各种挤压。这与政治体制和意识形态关系甚微。盖因利益才是当今世界发展与碰撞的深层机制和最大动力。

若非从纯粹的地理学概念看问题，这世界确实不常是所有国家、民族之总和。在很大程度上，现在的所谓世界文化实际上只是欧美文化。而且如前所述，强势文化对弱势文化的压迫性、颠覆性和取代性不仅其势汹汹，却本质上难以避免。这一切古来如此，在可以预见的未来仍将如此，就连形式都所易甚微。回到"民族的不一定是世界的"这个话题，文学是最可说明问题的，盖"文学最不势利"（鲁迅语）。但是，它充其量只是世道人心的表征，并在一定程度上影响世道人心，却终究不能左右世道人心、改变社会发展的这个必然王国，而自由王国还非常遥远。

事实上，发展中国家的作家并没有真正参与到这个跨国公司时代的狂欢当中，除非他们甘愿接受资本支配者的立场和方法。至于那些所谓的后殖民作家，虽然他们生长在前殖民地国家，但其文化养成和价值判断未必有悖于西方前宗主国的意识形态。像前些年获得诺贝尔奖的加勒比作家沃尔科特、奈保尔和南非作家库切，与其说是殖民主义的批判者，不如说是地域文化的叛逆者。沃尔科特甚至热衷于谈论多元文化，指那些具有强烈本土意识的作家是犬儒主义和狭隘民族主义者。

至于我们，毛泽东在概括中华民族时曾列数"地大物博""人口众多""历史悠久"，并说还有一部《红楼梦》。就以《红楼梦》为例，18世纪、19世纪姑且不论，除凤毛麟角似的汉学家外，试问有多少西方作家或学者，哪怕广义的西方作家和学者通读过、喜欢过？乔伊斯？卡夫卡？普鲁斯特？马尔克斯？卡尔维诺？还是巴赫金或韦勒克或布鲁姆或伊格尔顿？博尔赫斯倒是读过，却认为《红楼梦》是典型的幻想小说。反之，中国作家、批评家又有哪个不是饱读西书、对外国经典如数家珍？显然，中西之别是毋庸置疑的客观存在。关于这个问题，已然是说法多多。稍加引申，即有"黄土文明"和"海洋文明"、"内敛文化"和"外向文化"，以及中国人重综合，西方人重分析，等等。但这些二元对立的说法很不可信，尽管相对而言，中国的内敛以农耕为基础，西方的外向以扩张为取向。农耕文化崇尚自给自足，这一点西方人早就心知肚明。

话已至此，我们恐怕很难再睁着眼睛说民族的就是世界的了。

　　当然，这种诘问和忧心不应排斥我们守护或扬弃广义的民族传统的努力。事实上，这种努力既非狭隘的民族主义，也非文化相对主义，而是守望真正的差异性、多样性的一种善意的诉求，无论它多么艰难。

民族传统遭遇跨国资本

　　曾几何时，作为罗马帝国消亡之后崛起的第一个"日不落帝国"，西班牙（包括神圣罗马帝国查理五世时期的葡萄牙及其殖民地、哈布斯堡王朝、西属美洲、意大利及亚非殖民地等）有恃无恐，在遏止英国崛起、新教蔓延的同时，展开了一系列针对中国的文化准备。于是，也便有了欧洲第一部中国史（《中华大帝国史》）和第一张世界地图。不仅如此，西班牙（葡萄牙）在派遣其驻菲律宾总督的同时，资助了一批又一批的传教士。这其中就有利玛窦、庞迪我、汤若望、阳玛诺，等等。他们在传教和介绍西方文化的同时，系统考察我国国情，对我国的科举制度、宗教信仰、历史文化、风土人情、生活习俗等进行了全方位的了解，补充和完善了门多萨修士关于我国地大物博、重农轻商、尚文轻武、信鬼胜于敬神、追求安稳不尚冒险等诸多特征的描述。有鉴于此，不可一世的菲律宾总督德拉达、桑德等均曾上书国王，谓仅需几千兵马即可轻取中国。盖因在他们看来，中国固然强盛，却是一盘散沙。然而，帝国梦终究在新兴帝国（英国）和新教的夹击下无可奈何地幻灭了。然而的然而却是，19 世纪中至 20 世纪中的 100 年间，帝国主义对我中华民族的蹂躏多少印证了我们某些致命的阙如。

于是，光阴荏苒，时间流水般一晃又过去了诸多岁月。如今，跨国资本汹涌，中华民族面临更大，也更严峻的考验。

马克思在《资本论》中预见和描绘过跨国资本时代，谓"各国人民日益被卷入世界市场网，从而资本主义制度日益具有国际的性质"。如今，事实证明了马克思的预见，而且这个世界市场网的利益流向并不均等。它主要表现为：所谓"全球化"，实质上是"美国化"或"西方化"，但主要是美国化；形式上则是跨国公司化。据有关方面统计，20 世纪 60 年代以降，跨国资本市场逐渐擢升为世界第一市场。资本支配者迫不及待地开发金融产品，以至于千禧年前后世界货币市场的年交易额已经高达 600 多万亿美元，是国际贸易总额的 100 倍；全球金融产品交易总额高达 2000 万亿美元，是全球年 GDP 总额的 70 倍。这是资本逻辑非理性的一次大暴露，其中的泡沫成分显而易见，利益驱动和目标流向更是不言而喻。此外，资本带来的不仅是利益，还有思想，即意识形态和价值观。凡此种种，已然使发展中国家陷入两难境地。逆之，意味着自杀；顺之，则必定被"化"。换句话说：伸脖子是一刀，缩脖子也是一刀。

也就是说，随着跨国资本主义的全球扩张，传统价值受到了冲击和解构，以至于传统意义上的民族性与国家意识正在逝去，并将不复存在。认知方式、价值观和审美取向的趋同使年轻一代逐渐丧失了民族归属感和认同感，而四海为家、全球一村的感觉十分契合跨国公司不分你我、没有中心的去二元论思想。

马克思在《共产党宣言》中也曾明确指出："资产阶级，由于一切生产工具的迅速改进，由于交通的极其便利，把一切民族甚至最野蛮的民族都卷到文明中来了。它的商品的低廉价格，是它用来摧毁一切万里长城、征服野蛮人最顽强的仇外心理的重炮。它迫使一切民族——如果它们不想灭亡的话——采用资产阶级的生产方式；它迫使它们在自己那里推行所谓文明，即变成资产者。一句话，它按照自己的面貌为自己创造出一个世界。"

民族虽然是在长期的社会实践中逐渐形成的，但它归根结底只是个历史概念。犹太—基督教思想将民族的发生和发展说成是上帝的安排，并使相关民族以"上帝的选民"自居。其他宗教也有类似的说法。即使是在达尔文进化论流行之后，基督教神学等也能自圆其说，谓适者生存只是一种表象，一切皆取决于上帝的意志，否则许多自然及人类演变的偶然性就无法解释。与之不同的是，人类学家摩尔根通过考察美洲印第安部落，对民族的产生作出了相对科学的解析。马克思和恩格斯在此基础上运用历史唯物主义和辩证唯物主义方法，将民族与私有制联系在一起，认为建立在氏族、部落、族群基础上的民族乃是私有制发展的需要，继而成为诸多国家的自然基础。由此看来，民族是一系列分化组合、再分化再组合的过程。而且历史使然，有生必有死，一旦私有制消亡了，随之不复存在的便是国家、民族、阶级等等。而种族虽然是个纯粹的生物学概念，却与民族有千丝万缕的联系。人为的宗教也是如此。因此，在极端的西方右翼思潮中，民族又常常是与种族和宗教观念联系在一起的。

　　这是就一般意义上的民族概念而言，实际情况要复杂得多。比如，中华民族及其民族认同感更多建立在乡土乡情之上。这显然与几千年来中华民族的文化发展方式有关。从最基本的经济基础看，中华民族是农业民族，中华民族故而历来崇尚"男耕女织""自力更生"。由此，相对稳定、自足的"桃花源"式小农经济和自足自给被绝大多数人当作理想境界。正因为如此，世界上没有第二个民族像中华民族这么依恋故乡和土地。而农业民族往往依恋乡土，必定追求安定、不尚冒险。由此形成的安稳、和平的性格使中华民族大大有别于游牧民族和域外商人。反观我们的文学，最撩人心弦、动人心魄的莫过于思乡之作。"昔我往矣，杨柳依依；今我来思，雨雪霏霏"（《诗经》）；"露从今夜白，月是故乡明"（杜甫）；"举头望明月，低头思故乡"（李白）；"春风又绿江南岸，明月何时照我还"（王安石）；等等。如是，从《诗经》开始，乡思乡愁连绵数千年而不绝，其精美程度无与伦比。当然，我们的传统不仅于此，经史子集和儒释道，仁义礼智信和温良恭俭让等等都是中华传统文化的组成部分。而且，这里既有六经注我，也有我注六经；既有入乎其内，也有出乎其外，三言两语断不能含括。然而，随着跨国资本主义的发展，资本对世界的一元化统治已属既成事实。传统意义上的故土乡情、家国道义等正在淡出我们的生活，怪兽和僵尸、哈利·波特和变形金刚正在成为全球孩童的共同记忆。年轻一代的价值观和审美取向正在令人绝望地全球趋同。四海为家、全球一村的感觉正在向我们逼近；城市一体化、乡村空心化趋势不可逆转。传统定义上的民族意识正在消亡。

认同感的消解或淡化将直接影响核心价值观的生存。正所谓"皮之不存，毛将焉附"，民族认同感或国家意识的淡化必将釜底抽薪，使资本逻辑横行、拜金主义泛滥，使中国特色社会主义核心价值体系的构建成为巴比伦塔之类的空中楼阁。因此，为擢升民族意识、保全民族在国家消亡之前立于不败并使其利益最大化，我们必须重新审视自己的传统，使承载民族情感与价值、审美与认知的文学经典当代化。这既是优秀文学的经典化过程，也是温故知新、维系民族向心力的必由之路。于是，如何在跨国资本主义的全球扩张、传统的国家意识和民族认同面临危机之际，构建社会主义核心价值体系、坚守和修缮我们的精神家园成为极其紧迫的课题。这其中既包括守护优秀的民族传统，也包括吸收一切优秀的世界文明成果，努力使美好的价值得以传承并焕发新的生命。

当然，这不是简单的一句"古为今用""洋为中用"可以迎刃而解的。况且在"仁义礼智信""温良恭俭让"的传统背后，有被鲁迅等人概括的"吃人"二字；更何况时代有所偏侧，抵御强势文化吞噬非全体青年觉悟不可。

"全球化"与跨国资本

有关"全球化"的讨论一直集中于时间和表象，如哥伦布发现新大陆、瓦特发明蒸汽机和叶利钦结束冷战时代等。我倾向于将全球化界定为跨国资本主义化，即资本在完成地区垄断和国家垄断之后实现的国际垄断。于是，资本之外一切皆无的时代已经来临，而坊间所谓的"经济全球化""文化多元化"只不过是一种错觉或自欺欺人。

首先，经济作为一切上层建筑和意识形态的基础，不可能实现独立的全球化进程。它必然具有政治属性，并导致相应的上层建筑和意识形态变迁（"信息高速公路"——互联网在此推波助澜）。如今，以资本为核心的世界经济格局已经形成。富国如鱼得水，贫国大开血脉。资本所向披靡，顺我者昌，逆我者亡。所谓的"文化冲突"归根结底是利益冲突。如是，随着冷战的终结，科索沃战争，阿富汗、伊拉克战争和利比亚战争的结束，以及阿拉伯伊斯兰世界多米诺骨牌式的所谓民主化浪潮的形成，资本逻辑和技术（工具）理性完成合谋。至此，"文化多元化"逐渐褪去面纱，露出真容；盖因在强大的资本面前，文化生态多样性的理想主义错觉全面崩塌。资本家可以四海为家；而无产者和广大浮游的中间人言路广开，却基本上只能是自话自说。

然而，正所谓有无相生，祸福相依，人类在创造文明的同时也带来了更大的危机、更多的危险。凡事如此，概莫能外；各种作用力与反作用力像钟摆，使世界莫衷一是。如此，"惊涛拍岸，卷起千堆雪"，跨国资本主义面临的第一轮危机也不仅是自身的问题，而且还有来自发展中国家的反动。"9·11"事件便是一个比较极端的例子。这就是说，跨国资本在发展中国家牟取巨额利润的同时，正通过低成本及相对廉价的产品和包括劳动力在内的各种生产资料形式冲击西方市场，导致西方国家危机频发，并在物质和精神双重层面上出现空前深刻的矛盾。

其次，资本无国界的事实导致了"地球村"的产生。它淡化了文化和意识形态冲突，利益冲突则日趋尖锐化、白热化。但利益冲突的主体已由传统意义上的民族国家转向资本支配者，从而使民族国家意识逐渐淡化，直至完全淡出，取而代之以更为宽泛也更为具体的利益群体或个人。近来西方国家极右思潮的抬头多少与此相关：延绵2000年的犹太基督教文化在强大的资本逻辑面前毫无还手之力，一系列传统价值面临瓦解，致使极少数极端保守势力铤而走险。因此，"地球村"一定意义上也即"地雷村"。于是，"天作孽，犹可为；人作孽，不可活"。人类面临空前危机：没有是非，只有强弱；没有善恶，只有成败；没有美丑，只有贫富。诸如此类的是非混淆、黑白颠倒、界限模糊的情状以及"人权高于主权"之类的时鲜谬论也只有在跨国资本主义时代才能出现。但重要的是，诸如此类的时鲜谬论恰恰承载着跨国资本主义的核心价值。

再次，"多元化"原本并不意味着文化平等。它仅仅是思想领域的一种狂欢景象，很容易让人麻痹，以为这世界真的已经自由甚至大同了。从这个意义上说，"全球化"背景下的"文化多元化"其实也是一个悖论，说穿了是跨国资本主义的一元化。而整个后现代主义针对传统二元论（如男与女、善与恶、是与非、美与丑、西方和东方等等）的解构风潮在否定简单二元论和排中律的同时夸大了李白杜甫各有所爱的相对性。于是，绝对的相对性取代了相对的绝对性。这恰恰顺应了跨国资本的全球化扩张：不分你我，没有中心。于是，网络文化推波助澜，使世界在极端的文化相对主义和个人主义狂欢面前愈来愈莫衷一是、无所适从。于是，我们很难再用传统的方式界定文学、回答文学是什么这个古老而又常新的问题。借用昆德拉关于小说的说法，或可称当下的文学观是关乎自我的询问与回答，即甚嚣尘上的个人主义或个性化表演，也即自话自说。盖因后现代主义留下的虚无状态显然不仅局限于形而上学范畴，其怀疑和解构本质明显具有悲观主义，甚至虚无主义倾向，并已然对世界造成了深远的影响，客观上造就了跨国资本主义时代"全球化"背景下的文化及文学的"去民族化"态势。而这种状况对谁最有利呢？当然是跨国资本。

　　然而，资本无道。无休止的核武核电、无止境的利益利润终究是威胁地球转动、全人类生存的定时炸弹。

世界主义批判

一

　　世界主义可以追溯到遥远的先秦和古希腊时代。孔子曰："大道之行也，天下为公。选贤举能，讲信修睦。故人不独亲其亲，不独子其子。使老有所终，壮有所用，幼有所长，矜寡孤独废疾者皆有所养。男有分，女有归。货恶其弃于地也，不必藏于己。力恶其不出于身也，不必为己。是故谋闭而不兴，盗窃乱贼不作。故外户而不闭。是谓大同。"（《礼记·礼运篇》）同理，柏拉图在《理想国》中有过类似的怀想，他将理想国描绘得美轮美奂，并将国民划分为三个等级，即哲学家等级、勇士等级和大众等级；至于诗人缘何必须被逐，则是另一个话题。在他看来，大众受欲望驱使、按欲望行事，他们是体力劳动者，即工匠、商人和农民。勇士作为二等公民靠勇气生活，是国家的卫士（军人）。作为最高等级的哲学家（爱智者）则用智慧治理国家；一旦由智者掌握权力，那么动乱就无处栖身，天下也就太平了。这是文人的一厢情愿,美虽美矣,然非现实,及至2000多年以后的当今世界一仍其旧。

尽管孔子的大同社会和柏拉图的理想国都有明确的等级区分,却或可算作世界主义的雏形。而第欧根尼则是第一个用行为艺术践行了世界主义的"犬儒主义者"。他以世界公民自诩,并像印度托钵僧或浮浪者那样四处漂流,同时竭力宣扬友爱;这友爱不仅指向人类,而且兼及动物。

与此同时,世界在倾轧和反倾轧中飘摇、燃烧,再飘摇、再燃烧,没完没了。老子所谓的"大国者下流"(《道德经》)也完全是一相情愿。一晃飘过许多时光,直至"现代宗教"在自然宗教的基础上脱颖而出,化生为形式相左、本质一致的精神慰藉(马克思则称之为"鸦片")。在西方,《米兰赦令》颁布后基督教成为罗马帝国的合法宗教。但是,随着罗马帝国的坍塌,基督教迅速向两个极端发展:一方面,纯爱主义、博爱主义大行其道;另一方面,宗教迫害愈演愈烈。前者表现为放弃一切世俗欲念的纯而又纯的"精神之爱"(类似于佛家的四大皆空)、"普世之爱"(这为资产阶级所利用);而后者除了十字军东征,还有臭名昭著的宗教裁判所。

16世纪,新教崛起,德国迅速摆脱天主教"神圣罗马帝国"。正是在这样的背景下,德国率先完成了古典哲学的建构。一如文艺复兴运动，古典哲学，顾名思义，是对古希腊哲学继承与发展，是明显的托古为今。同时，古典哲学从中世纪神学脱胎而出，并迅速作为后者的"天敌"呼应和发展了人文主义。作为相对独立的学科，古典哲学启程远航，扬起爱智的风帆。于是，理性被提到了至高无上的地位。在此基础上，康德提出了"无限自由"的概念。在他看来，"无限"不仅仅是思想，而且也是现实。世界万物皆有"自己"，有了"自己"的始终。这是《判断力批判》的"整体论"思想。在这个只有人（或智者）才能发现和判断的"整体"中，一切皆是"自己"与"自己"的关系，这种关系并不能仅仅归结为机械的"因果"关系，而且也是"自由"关系。无独有偶，程颢有"万物静观皆自得"之说，"自得"即自我完善，人本自得，就像康德眼中的"目的因"。倘使没有一个"完善因—终结因—目的因"，如何会有这样一种"杂多"中的"统一"局面呢？在启蒙运动和法国大革命时期，自由、平等、博爱作为"普世价值"被进一步确定下来，以至于圣西门认为革命的主要动力是思想和思想者，而不是别的。圣西门声称，哲学家的主要任务，就是让人类的绝大多数过上幸福的生活。因此，他们必须认识最适合于社会的组织体系，并促使统治者和被统治者采纳和完善这种体系；而当它达到完善的最高阶段时，再将它推翻，并利用各方面的专家"建立新的体系"。这种观点多少回响着柏拉图的声音，同时又是法国资产阶级革命以后西方哲学思想的一次变易，为科学社会主义的产生提供了参照。

马克思主义不相信脱离实际的理论。恩格斯在《社会主义从空想到科学的发展》一文中明确指出，"为了使社会主义变为科学，就必须首先把它置于现实的基础之上。"他同时指出，科学社会主义是资本主义矛盾和冲突在工人阶级头脑中的反映，资本主义的矛盾和冲突是科学社会主义产生的物质经济根源。在《共产党宣言》中，马克思恩格斯更是旗帜鲜明地站在无产阶级的立场上，呼吁"全世界无产者联合起来"，推翻资产阶级统治。而资产阶级，"首先生产的，是它自身的掘墓人"；盖因资产阶级的产生建立在对无产阶级的剥削的基础之上，但是，随着大工业的发展，资产阶级赖以生产和占有产品的基础本身也就从它的脚下被挖掉了。换言之，伴随着资产阶级的产生而产生的无产阶级对其剥夺者的剥夺终究要来临。马克思主义的国际主义与《国际歌》的精神一致，是全世界无产阶级联合起来、废黜资本主义，而非别的。因此，它是有鲜明的阶级属性的，不是日常生活中、一般意义上的你好我好大家好，或者"各美其美，美人之美，美美与共，天下大同"。

然而，如今的所谓世界主义则将跨国资本主导的全球化与马克思主义的国际主义相提并论、混为一谈，这显然是胡子眉毛一把抓，对于发展中国家非特无益，反而有害。以拉丁美洲为例，早在20世纪70年代，左翼作家、国际和平奖获得者约瑟·德·卡斯特罗就曾大声疾呼：在2.8亿拉丁美洲人口中，有近5000万处于失业或半失业状态，近1亿为文盲。半数人口生活在拥挤不堪、脏不可耐的贫民窟。拉丁美洲的三大市场——墨西哥、巴西和阿根廷的消费能力之和还抵不上法国或联邦德国……按人口计算，拉丁美洲生产的粮食远远少于第二次世界大战之前；按不变价计算，自1929年经济危机以来，人均出口减少了300%。然而，"在那些外国主子及其代理人——资产阶级看来，目前的制度非常合理。我们的资产阶级将灵魂卖给了魔鬼，其廉价程度则足以令浮士德感到愤怒。"20世纪80年代，加西亚·马尔克斯站在诺贝尔文学奖领奖台上，以更加有力的证据谴责世界的不公：当欧洲人正在为一只死鸟或一棵死树如丧考妣的时候，2000万拉美儿童未满两周岁就夭折了。这个数字比10年来欧洲出生的人口总数还要多。因遭迫害而失踪的人数约有12万，这等于乌默奥全城的居民一夜之间全部蒸发。无数被捕的孕妇在阿根廷的监狱里分娩，但随后便不知所终。实际上，他们有的自生自灭，有的被人收养，有的被送进了孤儿院。为了改变这种局面，全大陆有 20 万男女英勇牺牲。10 多万人死于中美洲 3 个小国：尼加拉瓜、萨尔瓦多和危地马拉，如果这个比例用之于美国，后果可以想见。同时，智利这个以好客闻名的国家，竟有十分之一人口亡命海外。乌拉圭素有"美洲最文明国家"之称，其流亡人口竟高达五分之一。1979 年以来，萨尔瓦多内战频仍，几乎每 20 分钟就有一人被迫逃难，如果把拉美所有的流亡者和难民加在一起，便可组成一个国家，其人口将远远超过任何一个北欧国家。20 世纪 90 年代，拉丁美洲在债务危机的重创下哀鸿遍野。1990 年，拉丁美洲的外债达到 4414 多亿美元，不少国家因无法偿还高达数十亿乃至上百亿美元的利息而陷入危机。这一定程度上与此时此刻的欧债危机不无相似之处。但拉丁美洲毕竟不是欧洲，其经济基础显然更为薄弱；列强对她的态度也远不及我们今日之所见，譬如它们对北欧和南欧诸国的宽容与帮助。新世纪伊始，拉丁美洲进入了"多元并存时代"。在东边日出西边雨、几家欢喜几家忧中，以巴西为代表的"左翼军团"开始了艰难的民族振兴之路，而以墨西哥为代表的"右翼军团"则愈来愈依附于美国。前者有着与其他新兴经济体相近的发展路径，而后者则仍在为"全球化"和新自由主义思潮付出高昂的代价。

简而言之，马克思主义的国际主义思想同前述世界主义怀想完全是两股道上跑的车，走的不是一条路。至于古来"世界""全球"或者"天下"之类的词汇，主要是空间地理概念，与目下的世界主义思潮并无多大瓜葛。而最早明确启用"世界主义"这个概念的是墨西哥文人巴斯康塞洛斯（《宇宙种族》，1925）。但他迅速遭到了拉美本土主义者，尤其是左翼作家的批判。他们批评巴斯康塞洛斯的世界主义或"宇宙主义"（Cosmopolism）是掩盖民族矛盾和阶级矛盾的神话。"宇宙种族"只是有关人口构成的一种说法，并不能真正解释墨西哥及拉丁美洲错综复杂的社会现实。雷布埃尔塔斯坚信民族性即阶级性，因而并非一成不变。"面对难以调和的种族压迫、民族矛盾、阶级斗争，何谈'宇宙种族'？"

至于后现代诸公，无论初衷如何，其结果大抵像火：在焚烧一切的同时也烧掉了自己；或谓"在我之后，哪怕洪水滔滔"。当然，必须承认，被其解构的二元论有时的确极易滑向排中律或非此即彼的形而上学；同时，人类也确有一些超阶级的普遍价值存在，譬如母爱，譬如乡情、爱情、友情，等等。这些情感又必须从小出发，然后逐渐放大，而非相反。一个连亲、师、友都不爱不敬的人，又怎么爱君、爱国、爱世界？由己及人、以己度人，即孟子所谓的"老吾老以及人之老，幼吾幼以及人之幼"。但归根结底，爱己与爱人、爱家与爱国、爱家国与爱世界即或理论上并不构成矛盾，却在现实世界中利益纠葛所在皆是，它不以个人的意志为转移。所谓的"文明冲突"，归根结底也是利益冲突，利益是唯一的推动力。因此孟子之谓及诸如此类的美好愿景，不外乎美好的愿景而已。盖因人类社会是一个由自由走向禁锢（或禁忌），再走向自由（高度自觉）的过程，而非相反。因此，此自由非彼自由。换言之，人类文明的初级阶段是禁律约束本能，譬如早在西周初期，我国就建立了严格的婚姻禁忌，禁止同姓（兄妹）联姻；高级阶段是自觉代替禁律，及至真善美战胜假恶丑，最终达到自由王国。然而，建立在剥削基础之上的资本主义必然王国尚未终结，理想的自由王国还很遥远。国家之间的倾轧与反倾轧从未停止，帝国主义、霸权主义仍十分猖獗，陶冶人心、凝聚人心、励志向上的文艺作品依然是中华民族图强、复兴的不可或缺的催化剂。不承认这一点，倘非无知，便是别有用心。

二

正是在"大同""博爱"等泛世界主义思想的指引下，"世界文学"被提到了议事日程。"世界文学"这个概念由德国浪漫主义作家歌德最先提出，歌德在浏览了《好逑传》等东方文学作品和亲历了欧洲文学的"相互作用"之后，于1827年首次宣告了"世界文学"时代的来临。此后，英国学者波斯奈特在《世界文学》一文中将人类受相似的社会发展过程所产生的文学规律泛化为"世界文学"，认为"这种过程可以在希伯来和阿拉伯、印度和中国文学中观察到"。同时，丹麦人勃兰兑特从文学的翻译、流播看到了"世界文学"，"马洛、柯尔律治或雨果、左拉、易卜生等众多作家均不仅属于自己的国家"。泰戈尔则认为伟大的文学没有国界，而"世界文学"乃是具有世界意识的作家合力构建的。"我们必须明确我们的目标：摆脱肤浅狭隘，在世界文学中探求普遍的人性。"同样，郑振铎先生视文学为人类精神与情感的反映，而人性具有共通性，因此人类的文学也具有一致性，即"统一观"。但马克思恩格斯对"世界文学"的认知是建立在对资本从地区垄断到国家垄断再到国际垄断的批判性基础之上的，也就是说，他们认为它是资产阶级以自己的方式建立世界（包括物质和精神形态）的必然结果；同时，由于国际市场的建立，"民族的片面性和局限性日益成为不可能，于是由许多种民族的和地方的文学形成了一种世界的文学"，这也是事实。但它们是一个问题的两面，前提是资本对民族性的消解；而且在这个"世界文学"格局中，各民族和地方文学的地位并不平等。问题是，许多学者有意无意地忽视马克思恩格斯言说"世界文学"的基本出发点和辩证方法，从而错误地将其归入文学"世界主义"或"世界文学"的倡导者行列。

如此，在全球化时代，"世界文学"被许多学者视为人类情感"共舞"和精神"狂欢"的必然结果，同时也有少数人对此持审慎态度，甚至提醒共存和交流的背后正出现前所未有的文化单一性。持前一种观点的有卡萨诺瓦、德里达、拉康、福柯、克里斯蒂娃、莫莱蒂、邓宁、米勒、达姆罗什、贝克以及一些融入后现代狂欢的"后殖民主义"学者，如萨伊德、斯皮瓦克、福山、巴巴，等等（这个名单几可无限延展）。而持后一种观点的多为西方马克思主义者，其中包括詹姆逊、伊格尔顿、佛克马，等等。

然而，世界文学又着实存在。越南有文学，柬埔寨有文学，老挝有文学，缅甸有文学……然而，我们又关心过多少？同时，就连《红楼梦》也远未进入西方主流文学的视阈！

反之，19 世纪、20 世纪上半叶的法国文学是"世界文学"；如今美国文学又取而代之，成了"世界文学"的代名词。顺着前面说到的美国化及其资本逻辑，在此我不妨举例如下：

（一）资本逻辑：有奶便是娘

对于"奶酪"热，我们应该记忆犹新。如果说传统文化是将简单的事情复杂化，而现今的快餐文化似乎恰好相反。我想这大抵可以从《谁动了我的奶酪》来窥见一二。首先是商业运作、商业炒作，譬如股票或者名目繁多的有价证券；又仿佛任何一种商品，比如汽车，又比如家电、服装甚至还有令人眼花缭乱的苗条霜或丰乳膏。只是未必名副其实而已。在文艺领域，好莱坞称得上是开路先锋，麾下"大片"几乎都是高投入、高产出的典范。这符合跨国公司的全球战略。

其次，不能否认斯宾塞·约翰逊的"奶酪理念"有着比较突出的现实意义。我们确实处在一个史无前例的信息的时代、变化的时代，而且这种变化同时印证了一统江湖、一日千里的说法。它的一元性指向和变化速度完全是几何级的。人们不但可以一夜暴富，变成比尔·盖茨，也可能一觉醒来一贫如洗。就近而论，下海、下岗以及各色利益调整和地位变易天天都在大呼小叫中发生。莫言的《师傅越活越幽默》

说的就是这个。然而，渐渐地，人们也就见怪不怪了。

谁也不知道明天会是怎样一种情状。这与前现代社会相对静止、稳定的状态全然不同。日出而作，日入而卧，信而有征，薪尽火传的生活方式迅速成为神化。

面对变化，无论情愿与否，恐怕再没有人可以高枕无忧了。而斯宾塞·约翰逊的"奶酪理念"正是在这样的背景下形成的。

当然，这种理念本身并不新鲜。在我们自己的文化传统中，就不乏类似理念。拿成语而言，我们即可随手拈来"未雨绸缪""与时俱进""随机应变"等，还有反义而用作批评的"守株待兔""听天由命""随遇而安"等。而且，其中有些成语还是由寓言演化而来的。

斯宾塞·约翰逊的"奶酪"其实不过是个寓言故事。而且，从寓言的角度看，它又过于简单、幼稚，缺乏传统寓言的文学价值。拉封丹的《知了和蚂蚁》就比它高明。而我们老祖宗在《守株待兔》一类寓言中则仅用两三行字就超越了这个又长又臭的"奶酪故事"。不就是两只相信直觉的老鼠和两个头脑复杂的小矮人失去"奶酪"、寻找"奶酪"的故事吗？故事的内涵外延都很简单，无非是遭遇突变之后的态度。是"听天由命""消极等待"，还是"与时俱进""随机应变"？活人哪能被尿憋死？这其实是一个再简单不过的道理，对于生活、工作等都有一定的普适性。

恰恰是这么一个众所周知的普通道理，却被炒作成了"救世良方"。这未免太夸张、太过分了。这样的道理在我们的寓言故事和生活理念中并不新鲜。自古代文化至日常生活，"守株待兔"之类的批评比比皆是。但反过来说，我们同样有理由否定"奶酪逻辑"。就以我等从事的工作为例吧，人文研究或广义的科学研究的确需要与时俱进，但它们同时也需要坚忍不拔、持之以恒。假如因为现有的"奶酪"不够多、不够好而动辄随机应变，又会怎样？往远处说，孔夫子肯定会丢弃诗、书、礼、乐；就近而论，造导弹的也统统下海卖鸡蛋去算了。尤其是人文学科，它又当如何抵抗市场经济、消费主义的巨大压力？

这就产生矛盾了。我们完全可以由此推导出哲学的两个基本维度：理想主义和现实主义，或者相对的老庄和孔孟。两者不可或缺，且同时又都是复杂的和多面的。老庄思想中饱含着辩证法，而孔孟也不是彻头彻尾的实用主义。譬如孔子，他一方面四处奔走，大有凌云之志；另一方面又念念不忘诗、书、礼、乐。因此，当楚国狂人接舆一针见血地指出他的这种矛盾时，夫子大为感慨。这种矛盾和多维是人性的基本属性，不能笼统否定。何况从最最基本的层面说，人除了考虑怎么活，总还要思考为什么活之类的形而上问题。而后者恰恰是人区别于其他动物的关键所在之一。

（二）"世界主义"：丹·布朗的秘诀

且说丹·布朗将西方文学的畅销要素玩弄于股掌之间。1998 年的《数字城堡》解密了一起骇人听闻的数字阴谋：某秘密组织用神秘密码劫持了国家安全机关的核心所在（一台无敌解码机）。美女数学家、密码专家苏珊·福来切尔奉命排除魔障，却遭遇重重艰难险阻。随着调查的深入，她逐渐发现，自己是在用生命和一个看不见的数字高手展开一场前所未有的搏杀。在 2000 年的《天使与魔鬼》中，符号学家罗伯特·兰登闪亮登场。故事从瑞士某研究机构说起：该机构的一位物理学家被人谋杀，兰登教授在死者身上发现了一个神秘的符号，它与某秘密社团（光明会）有关。该隐修会长期以来一直致力于摧毁天主教圣地梵蒂冈。阴谋的实现只差最后一步了。一枚无法拆除的定时炸弹被埋入梵蒂冈中心，而兰登恰好在梵蒂冈大会前夕证实了这一事实。兰登教授在意大利女科学家维克多利亚的协助下在最后关头拯救了梵蒂冈，并使教皇和罗马教廷幸免于难。2001 年，丹·布朗又以

《骗局》一书把读者带入了一场骗局：一方面是安全部门通过卫星发现了稀有物质，这一发现将对世界产生重大影响；另一方面，美女分析师雷切尔及其搭档为了戳穿骗局惨遭追击，命悬一线。2003年，丹·布朗的扛鼎之作《达·芬奇密码》问世。作品的主人公依然是兰登教授。故事从罗浮宫老馆长遇害说起，围绕一个莫名其妙的符码展开。与兰登教授合作的是死者的孙女、年轻貌美的法国密码专家索菲·奈芙女士。他们通过一系列神秘线索以及这些线索所指的达·芬奇作品，发现了一个暗道和已故老馆长的隐修会会员身份。这个秘密组织与诸多名人有关，而揭开谜底的秘诀正是历史和现实的双重维度的一个节点。

四部作品皆以神秘符号为焦点，并在《失落的秘符》中几乎悉数出现：怪异的谋杀、神奇的符号、惊悚的描写、迭出的悬念和闻所未闻的秘密社团，当然少不了美女搭档、凶险对手和剥笋式场景、递进式情节，等等。作品不仅囊括了上述作品的几乎所有要素，而且在许多方面有过之而无不及。首先，它是一座符号迷宫，可谓美轮美奂，而谜底居然是彼得·所罗门。彼得暗喻大使徒圣彼得，此名在拉丁文又指石头，故而与"金字塔"相关联。小说险象环生。兰登教授和美女搭档与狡猾的凶手及无能的警探机智周旋，最终破解了秘密修会（共济会）的核心秘密——"失落的秘符"。后者比《达·芬奇密码》中的"倒金字塔"（中世纪传奇中屡屡提及的探险目标——"圣杯"的意象）更具体，但也更高妙、更富有现实意义，盖因它是一个古老的理念："赞美上帝"。这个西方犹太—基督教文化核心理念的"重新发现"将一切回溯到《圣经》本身，并与现代物质文明构成了反差。而故事中的凯瑟琳作为现代意念学家，其研究成果似乎恰好与这一发现不谋而合。反之，凶手殚精竭虑、无所不用其极的追寻结果，却是找死，即"怎样死去"。

作品继承西方中世纪传奇及哥特式小说传统，同时糅进了侦探推理小说元素，借大善大恶的人物彰显西方主流价值观，以大起大落的情节夺人眼球，进而对犹太—基督教文化核心内容进行诠释，尤其是对犹太—基督教文化谱系中的神秘主义传统进行了一次细致入微的梳理。同时，从古印度的奥义书到中国的易学和西方的炼金术、占星术、纹章学、塔罗牌及中世纪以降各种神秘修会、西法底文化中的某些神秘社团（如发轫于 12 世纪的喀巴拉犹太神秘主义）等，无所不包，却独不提伊斯兰苏菲神秘主义。而这恰似"全球化"背景下的 NBA，其文化涵义和商业动机不言而喻。

由此，我们尽可对甚嚣尘上、不着边际的世界主义点赞一二。对于世界大同理想，我们自然不能一概排斥、简单否定，但美国中央情报局前局长杜勒斯关于让我国年轻一代变成世界主义者的一席话不能不引起我们深长思虑。

（三）大众消费文化先锋：好莱坞

如果上述两例尚不足以说明问题，那么近年来逐渐解密的一些白宫文件当可为我们拨开个中迷雾。从罗斯福到肯尼迪、约翰逊等白宫主人再到WTO中美谈判，美国政府对好莱坞的重视可谓不遗余力。而好莱坞所遵循的主要是文化消费主义。后者与现代化二而一，一而二，相辅相成，是美国文化的重要体现，同时也是美国政府从20世纪50年代中后期开始奉行的国家战略（艾森豪威尔称之为"民众资本主义"），它不仅是美国战胜苏联的利器（20世纪80年代以"淡化意识形态"的表象出现），而且也是取代欧洲经典资本主义的法宝。

简言之，现代化伴随着资本主义的产生而产生、发展而发展，它见证了奈斯比特、托夫勒们所说的"第二次浪潮"，却并没有就此歇脚，而是以新的面目走向了所谓的"后现代"或"后工业时代"（"第三次浪潮"）。好莱坞则以其文化消费主义为现代化提供了不可多得的范本：理论和实践的"相对"与"多元"。最初是 20 世纪 30 年代华纳兄弟和派拉蒙公司的走出去战略：二者相继在德国和西班牙拍摄电影，并就近在这些国家及其周边地区发行；然后是起用欧洲演员，譬如派拉蒙公司在法国本土制作了一些法语电影，吸纳了一些法国演员。同时，好莱坞花了三年时间探寻和解决配音问题，从而打破了欧洲非英语国家对好莱坞的有意无意的抵制。这些尝试不仅降低了成本，而且为好莱坞的"国际化"进程展示了更为广阔的前景。从此，境外制作和起用外籍影星，使之为美所用逐渐成为好莱坞的重要模式之一。这后来被 NBA 等各行业或领域所吸收并发扬光大。凡此种种在将美国的价值观和审美方式输送给世界观众的同时，巧妙地借"国际明星"的衣食住行将美国的产品和生活方式推销到了世界各地。

法兰克福学派曾致力于研究大众消费文化，不少西方马克思主义学者甚至是大众消费文化的积极鼓吹者。盖因他们认为大众消费文化可以消解资产阶级意识形态霸权。但事实并非如此。从某种意义上说，大众消费文化逐渐演变为文化消费主义，它不仅淡化了无产阶级的阶级意识，而且加速了资本主义的发展。因此，马尔库塞在《单向度的人》中转而抨击大众消费文化，认为真正的艺术是拒绝的艺术、抗议的艺术，即对现存事物的拒绝和抗议。换言之，艺术即超越：艺术之所以成为艺术，或艺术之所以有存在的价值，是因为它提供了另一个世界，即可能的世界；另一种向度，即诗性的向度。前者在庸常中追寻或发现意义并使之成为"陌生化"的精神世界，后者在人文关怀和终极思考中展示反庸俗、反功利的深层次精神追求。与之相反的是文化批评家费克斯。后者在《理解大众文化》中继续支持大众消费文化，认为大众（消费）文化即日常生活文化，其消遣消费过程则是依靠文化经济自主性对意识形态霸权进行抵抗的过程。

孰是孰非姑且不论。然而，文化消费主义对文艺的伤害有目共睹。譬如村上春树，譬如阿特伍德，甚至郭敬明们，他们战胜大江健三郎、门罗或莫言，在市场的天平上毫无悬念。

三

然而，世界文学经典为我们提供了另一种向度：悖反。

一方面，犹如拿神话对应人类童年、史诗对应人类少年、喜剧或抒情诗对应人类青年、小说对应人类成年，自上而下、由外而内、由强到弱、由宽到窄、由大到小的历史轨迹无疑是文学演变的规律之一。所谓"自上而下"，是指文学的形而上形态逐渐被形而下倾向所取代。倘以古代文学和当代写作所构成的鲜明反差为极点，神话自不必说，东西方史诗也无不传达出天人合一或神人共存的特点，其显著倾向便是先民对神、天、道的想象和尊崇；然而，随着人类自身的发达，尤其是在人本取代神本之后，人性的解放以几乎不可逆转的速率使文学完成了自上而下、由高向低的垂直降落。如今，世界文学普遍显示出形而下特征，以至于物主义和身体写作愈演愈烈。以法国新小说为代表的纯物主义和以当今中国为代表的下半身指涉无疑是这方面的显证。前者有罗伯·葛里耶的作品。葛里耶说过，"我们必须努力构造一个更坚实、更直观的世界，而不是那个'意义'（心理学的、社会的和功能的）世界。首先让物体和姿态按它们的在场确定自己，让这个在场继续战胜任何试图以一个指意系统——指涉情感的、社会学的、弗洛伊德的或形而上学的意义——把它关闭在其中的解释理论"。与此相对应，近20年中国小说的下半身指向一发而不可收。不仅卫慧、棉棉们如此，就连一些曾经的先锋作家也纷纷转向下半身指涉，是谓下现实主义。这在20世纪五六十年代的西方"嬉皮士文学""新小说"或拉美"波段小说"中便颇见其端倪了。

　　由外而内是指文学的叙述范式如何从外部转向内心。关于这一点，现代主义时期的各种讨论已经说得很多。众所周知，外部描写几乎是古典文学的一个共性。亚里士多德在诗学中明确指出，动作（行为）作为情节的主要载体，是诗的核心所在。亚里士多德说，"从某个角度来看，索福克勒斯是与荷马同类的模仿艺术家，因为他们都模仿高贵者；而从另一个角度来看，他又和阿里斯托芬相似，因为二者都模仿行动中的和正在做着某件事情的人们"。但同时他又对悲剧和喜剧的价值作出了评判，认为"喜剧模仿低劣的人；这些人不是无恶不作的歹徒——滑稽只是丑陋的一种表现"。这一定程度上道出了古希腊哲人对于文学崇高性的理解和界定。此外，在亚里士多德看来，"作为一个整体，悲剧必须包括如下六个决定其性质的成分，即情节、性格、语言、思想、戏景和唱段"，而"事件组合是成分中最重要的，因为悲剧模仿的不是人，而是行动和生活"。恩格斯关于批判现实主义的论述，也是以典型环境为基础的。但是，随着文学的内倾，外部描写逐渐被内心独白所取代，而意识流的盛行可谓世界文学由外而内的一个明证。

由强到弱则是文学人物由崇高到渺小，即从神到巨人到英雄豪杰到凡人乃至宵小的"弱化"或"矮化"过程。神话对于诸神和创世的想象见证了初民对宇宙万物的敬畏。古希腊悲剧也主要是对英雄传说时代的怀想。文艺复兴以降，虽然个人主义开始抬头，但文学并没有立刻放弃载道传统。只是到了20世纪，尤其是在现代主义和后现代主义时期，个人主义和主观主义才开始大行其道。而眼下的跨国资本主义又分明加剧了这一趋势。于是，绝对的相对主义取代了相对的绝对主义，宏大叙事变成了自话自说。

由宽到窄是指文学人物的活动半径如何由相对宏阔的世界走向相对狭隘的空间。如果说古代神话是以宇宙为对象的，那么如今的文学对象可以说基本上是指向个人的。昆德拉在《受到诋毁的塞万提斯遗产》中就曾指出，"堂吉诃德启程前往一个在他面前敞开着的世界……最早的欧洲小说讲的都是一些穿越世界的旅行，而这个世界似乎是无限的"。但是，"在巴尔扎克那里，遥远的视野消失了……再往下，对爱玛·包法利来说，视野更加狭窄……"，而"面对着法庭的K，面对着城堡的K，又能做什么？"但是，或许正因为如此，卡夫卡想到了奥维德及其经典的变形与背反。

由大到小，也即由大我到小我的过程。无论是古希腊时期的情感教育还是我国古代的文以载道说，都使文学肩负起了某种世界的、民族的、集体的道义。荷马史诗和印度史诗则从不同的角度宣达了东西方先民的外化的大我。但是，随着人本主义的确立与演化，世界文学逐渐放弃了大我，转而致力于表现小我，致使小我主义愈演愈烈，尤以当今文学为甚。固然，艺贵有我，文学也每每从小我出发，但指向和抱负、方法和视野却大相径庭，而文学经典之所以比史学更真实、比哲学更深广，恰恰在于其以己度人、以小见大的向度与方式。

上述五种倾向在文艺复兴运动和之后的自由主义思潮中呈现出加速发展态势。毫无疑问，自由主义思潮自发轫以来，便一直扮演着资本主义快车润滑剂的角色，其对近现代文学思想演进的推动作用同样不可小觑。人文主义甫一降世，自由主义便饰以人本精神，并以摧枯拉朽之势扫荡了西方的封建残余。它同时为资本主义保驾护航，并终使个人主义和拜物教所向披靡，技术主义和文化相对论甚嚣尘上。而文艺复兴运动作为人文主义或人本主义的载体，无疑也是自由主义的温床。14 世纪初，但丁在文艺复兴的晨光熹微中窥见了人性（人本）三兽：肉欲、物欲和狂妄自大。未几，伊塔大司铎在《真爱之书》中把金钱描绘得惊心动魄，薄伽丘则以罕见的打着旗帜反旗帜的狡黠创作了"一本正经"的《十日谈》。15 世纪初，喜剧在南欧遍地开花，幽默讽刺和玩世不恭的调笑、恶搞充斥文坛。16 世纪初，西、葡殖民者带着天花占领大半个美洲，伊拉斯谟则复以恶意的快乐在《疯狂颂》中大谈真正的创造者是人类下半身的"那样东西",唯有"那样东西"。17世纪初,莎士比亚仍在其苦心经营的剧场里左右开弓,而塞万提斯却通过堂吉诃德使人目睹了日下世风和遍地哀鸿。18世纪,自由主义在启蒙的旗帜下扯下面具,并进一步为资本主义鸣锣开道,从而加速了资本主义在经济基础和上层建筑的双向拓展⋯⋯一不留神几百年弹指一挥间。如今,不论你愿意与否,世界被跨国资本主义时代的新自由主义拽上了腾飞的列车。

且说如上五种倾向相辅相成,或可称之为"下现实主义"。而这种大处着眼的扫描方式,虽不能涵盖文学的复杂性,却多少可以说明当下文学的由来。如是,文学从模仿到独白、从反映到窥隐、从典型到畸形、从审美到审丑、从载道到自慰、从崇高到渺小、从庄严到调笑、从高雅到恶俗⋯⋯观念取代了情节,小丑颠覆了英雄;"阿喀琉斯的愤怒"退化为麦田里的脏话;"路漫漫其修远兮,吾将上下而求索"变成了"我做的馅饼是世界上最好吃的";诸如此类,不一而足。

至于说经典是变化的,其最好的例证莫过于近30年中国文坛的取舍褒贬,其历史性、时代性特征不言而喻。鲁郭茅、巴老曹或张徐周、林穆废(张爱玲、徐志摩、周作人、林语堂、穆时英、废名)的彼落此起或许还不足以证明这一点，那么林林总总的下半身写作的风行、走俏当可说明这一点。同时，沧海桑田，生活常新，但人心很古。这本身就是一对矛盾，也是文学其所以复杂的重要原因。用最为概括的话说，古希腊城邦制时期，人们的生活已经相对安逸（否则就不会有喜剧和奥林匹克运动之类），但少数伟大的作家却不断地以敬畏说（甚至崇高—恐惧说）追怀远去的"英雄传说时代"。中世纪基督教文化又为崇高注入了信仰，而近代王国的建立进一步提升了荣誉、勇敢等一系列价值，文艺复兴又使人道主义擢升为核心价值（这是人本取代神本的必然结果），现代则有"自由""平等""博爱"等等。可见西方文学（及文化）的核心价值是变化的。这势必导致大部分时代的经典成为后继时代的非经典，甚至被岁月的烟尘完全埋没。比如丹·布朗，其市场化取向非常明确，而且其作品大致可以归纳为秘密加谋杀加惊悚加悬念加秘密社团及神秘符号，还有美女主角或搭档、神秘莫测的对手和险象环生的情景、分镜头式的描写和层层递进的情节，等等。凡此种种不是很令人迁思某些好莱坞电影吗？换言之，一如金庸的小说之于我国古代演义与武侠小说，从形式上讲，丹·布朗并没有超越中世纪基督教玄幻文学、骑士传说及哥特式小说和侦探推理等类型文学的传统，或者可以说是它们的一种集合；

从内容上看，他的那些大善大恶的人物和大开大合的故事所承载的也无非是西方或美国的那些所谓的"永恒"价值，即犹太—基督教文化的某些核心观念，其间关涉的其他东西方现代文化元素（除却这部分内容，他的作品犹如《哈利·波特》和《魔戒》，完全可以置身于中世纪传奇、骑士小说或哥特式小说）则恰似"全球化"背景下 NBA 招揽世界球员，奈何独不见伊斯兰阿拉伯人的身影。

同样，大多数文艺作品在或模仿或反映的过程中往往有意无意地追随了时流（中国文学始终受到相对狭隘的写实主义的束缚，因而在模仿或反映和与之相对应的规避或虚构之间缺乏应有的缓冲地带。非黑即白、非此即彼的排中律和狭义的形而上学在这里起着主导作用。殊不知伟大的经典，乃至伟大的现实主义作品往往不拘泥于狭隘的现实，而是基于现实，又超乎现实；源于生活，又高于生活）。

总之，世界文学款款而来，恰好于 20 世纪末化合成形形色色的后现代形态。而后现代文学的出现客观上又正好顺应了跨国资本主义时代极端个人主义的推演与发散。

但是，另一方面，过程中始终不乏奇崛的背反及由此化生的特殊丰碑，比如荷马史诗和古希腊悲剧，又比如《神曲》和《堂吉诃德》，《哈姆雷特》和《浮士德》，《三国演义》和《红楼梦》,《人间喜剧》和《战争与和平》,《尤利西斯》和《变形记》,以及加西亚·马尔克斯的《百年孤独》,等等。一如童年的神话、少年的史诗、青年的词曲、中年的小说、老年的传记,这自然不能涵盖文学及文学经典的复杂性与丰富性。事实上,认知与价值、审美与方法等等的背反或迎合始终存在。况且,无论"六经注我"还是"我注六经",经典往往又是说不尽的。这也是由时代社会和经典本身的复杂性和丰富性所决定的。换言之,一切脱离实际的玄思和臆造无异于拽着小辫离开地面的企图。反之,生产力和生产关系、经济基础和上层建筑的复杂的、辩证的关系终究是一切伟大文艺变之有常、承之有素的基础,譬如文学经典对现实的高度概括(黑格尔谓之"普遍性")和艺术表现(黑格尔谓之"这一个"),以及对某些传统和美好价值的持守。

早在古希腊"黄金时期",三大悲剧作家面对城邦制社会的极盛时期却并不满足于表现时流,而是"发思古之幽情",并一味地追怀传统,即远逝的"英雄传说时代",并借此托古喻今、自我解嘲。如是,他们虽则作为温和的民主派人士参与了反对寡头派的斗争,却将其艺术视角转向了神人共存的遥远过去,并以此揭示人的意志在强大的命运或神的意志面前竟是如此脆弱、如此不堪。这或许反映了雅典自由民对社会现实的悲观情绪，但又何尝不是文学家厚古薄今的主观怀想。就像那位无名祭司所言，俄狄浦斯"是受到神的援助，感悟出（斯芬克司——引者注）谜底，／解救了我们，使国家脱离苦难"。但无论如何，人类始终还是神的一粒微不足道的棋子。即使你暂时可以有所作为，最终也还是在一步步地完成神的预期。正如歌队长所吟唱的那样，"……请看，这就是俄狄浦斯，／他猜出了那著名的谜语，成为最伟大的人物，／哪个公民不曾用羡慕的眼光注视过他的好运？／瞧，他现在掉进了可怕灾难的汹涌浪里了。／因此，一个凡人在尚未跨过生命的界限最后摆脱痛苦之前，／我们还是等着看他这一天，／别忙着说他是幸福的。"

　　如果说古希腊悲剧一定程度上是人类摆脱蒙昧之后的一种自我解嘲，那么但丁的《神曲》多少是面对人性丑恶（及其更大程度的膨胀或释放）发出的一声长叹。从某种意义上说，在人本取代神本之前，但丁便已有洞识，谓"这部作品的意义不是单纯的，毋宁说，它有许多意义。第一种意义是单从字面上来的，第二种意义是从文字所指的事物来的；前一种叫做字面的意义，后一种叫做寓言的、精神哲学的或秘奥的意义"。从字面上说，《神曲》顾名思义，是写灵魂的。而从寓言来看，其"主题就是人凭自由意志去行善行恶，理应受到公道的奖惩"。但丁还明确表示，他写《神曲》是"为了影响人的实际行动"，"为了对邪恶的世界有所裨益"，即"把生活在现世的人们从悲惨的境地中解救出来，引导他们达到幸福的境界"。而这个境界显然主要是神学意义上的境界。如是，过去关于但丁人文主义思想的诸多评说，多少是现代文人的一厢情愿。恩格斯说他是新时代的最初一位诗人，也是中世纪的最后一位诗人。而人们往往只强调前者，却无视后者。但事实上，后者也许更为重要。首先，作为信仰和神学的象征，贝雅特丽齐当是中世纪真善美的典范。其次，与之相对应，那幽暗森林中挡住但丁这迷途羔羊的三只野兽（豹、狮、狼）何尝不是对人类罪恶和人性弱点的隐喻。再说但丁创作《神曲》的时代，正是拉丁俗语逐渐登上历史舞台，世俗文化迅猛发展之际。而世俗文化正是市民瓦解道统的撒手锏。调笑以空前的形式蔓延开来，经萨凯蒂、博亚尔多和阿里奥斯托等汇入喜剧大潮。也许正因为如此，但丁才不得不借"地狱""炼狱"和"天堂"率先发出了那一声保守的长叹。

同样，都说塞万提斯的《堂吉诃德》是反骑士道的（塞万提斯自己也是这么说的），但实际效果却不然。作品在浪漫派及之后的接受中产生了背反，即它被大多数浪漫主义者和革命家当成了理想主义的经典。这就使得被嘲讽的堂吉诃德逐渐高大起来。屠格涅夫在比较堂吉诃德和哈姆雷特时说过，堂吉诃德"首先是表现了信仰，对其中永恒的不可动摇的事物的信仰，对真理的信仰，简言之，对超乎个别人物的真理的信仰，这真理不能轻易获得，它要求虔诚的皈依和牺牲，但经由永恒的皈依和牺牲的力量是能够获得的。堂吉诃德全身心浸透着对理想的忠诚，为了理想他准备承受种种艰难困苦，准备牺牲自己的生命……哈姆雷特又是什么呢？……他是一个利己主义者。"然而，塞万提斯生活的时代恰恰是利己主义、个人主义开始高涨的时代。人文主义带来的人性解放和市民文化在他的那个时代催发了利己主义和拜金主义。于是，神本让位于人本，信仰让位于利益，集体主义让位于个人主义。正因为如此，塞万提斯对堂吉诃德的嘲讽是带泪的。用海涅的话说，他读《堂吉诃德》时就连大自然都在哭泣。而塞万提斯"自己就是位英雄，大半世光阴都消磨在骑士游侠的交锋里，身经勒班多之役，损失了左手博来点勋名，可是他暮年还常常引为乐事"。"……他是罗马教廷的忠诚儿子，不仅在好多骑士游侠的交锋里，他身体为它的圣旗流血，并且他给异教徒俘虏多年，整个灵魂受到殉道的苦难。"塞万提斯是否罗马教廷的忠诚儿子有待探究，但有一点是值得肯定的，那便是《堂吉诃德》不仅没有将骑士小说一扫而光，反倒（至少因自己的成功）为它树立了丰碑，而且骑士道的那一套理想主义也因之而在以后的世纪中大放异彩。这一点又恰好与时代即资本主义的发展趋势相悖逆。哈罗德·布鲁姆在比较塞万提斯与莎士比亚时说过，"现代的唯我主义就是植根于莎士比亚（以及他之前的彼特拉克）作品中的"。此外，他认为"但丁、塞万提斯和莫里哀依靠的是笔下人物的互动关系，这似乎比莎士比亚高度的唯我主义更不自然，也许他们确实没那么自然"。他同时还认为堂吉诃德"是一个道道地地的传统主义者"。更为重要的是，塞万提斯用喜剧的形式创造了堂吉诃德的悲剧，也即用解构的方式重构了被骑士小说歪曲并无可奈何花落去的骑士道精神。

也许正是基于诸如此类的立场，拥抱时代精神、体现市民价值（或许还包括喜剧和悲剧兼容并包，甚至在悲剧中掺入笑料）的莎士比亚受到了老托尔斯泰的批判。后者认为前者缺乏信仰。毫无疑问，信仰既可以指向过去，也完全可以非常现实或僭越现实的超前。但托尔斯泰和巴尔扎克们若非凭借其方法上的优势（恩格斯称之为现实主义的胜利），其厚古薄今的结果恐怕就不是与塞万提斯比肩，而是要成为堂吉诃德了。同理，乔伊斯和卡夫卡等现代巨匠也为文学的背反提供了新的注解。这主要不在其意识流或表现主义形式，而在其更为本质的现实主义精神及其体现现实幻灭的彻底和对传统（古希腊罗马文学）的追怀。从这个角度看，乔伊斯、卡夫卡等现代主义作家对资本的抵抗显而易见。同时，由资本制导的去传统、去民族的现代大众消费文化正以几何级速度开始在全球蔓延。

此外，在解构风潮之后，绝对的相对性取代了相对的绝对性，以至何为经典几乎像何为幸福一样众说纷纭，莫衷一是：个人的还是普世的？民族的还是世界的？时代的还是恒久的？但无论如何，对于我们这样一个尚处弱势的民族，基本信仰是不容阙如的；而爱国主义、民族认同无疑是其底线；底线一旦丧失，任何国家振兴、民族复兴皆无从谈起。当今世界，弱肉强食的社会达尔文主义依然盛行，帝国主义、霸权主义依然猖獗。如果无视这一现实，那么离"人为刀俎，我为鱼肉"的悲剧也便不远矣，何谈世界主义？！

下　篇

莫言左书

左书者自古有之，但他们不是左撇子就是日后右手因疾而废，无如之下，才不得已练习左书的。清人徐珂编撰的《清稗类钞》中记载了不少左书名家，如陈遴伯、高凤翰、周冲元、宋师祁，等等。其中尤以高凤翰为世人称道。高晚年深居简出，仍不慎使右臂染疾，遂以左手作书。徐珂谓老人"品高洁，擅书、画、诗"，"以左手作书画，奇气喷涌……"。

在我熟识的文友中，擅书画者不少，但人到中年练左书者，仅莫言一人。他练左书并不因为右手不好使，而是因为右手太好使，使他写得一手好字。也许是兴之所至，也许是为了用左手动动小脑，总之他斜刺里练就了左书，而且风格迥异于右书，如游龙戏凤。

现在看来，左书于莫言恐非偶然。他是个善于换位思考，善于换一个角度、换一种方式看问题的极少数人。别的不敢说，但有两件却是确凿无疑的。头一件是他在爱女婚礼上的致辞。他并不直接夸奖女婿，而是说小伙子被女儿"抢

听莫言讲蒲松龄

来了"。这其中当然有老莫一以贯之的幽默，但显然也有四两拨千斤、颠覆夫唱妇随等传统思维的用意。第二件是他对魔幻现实主义的理解。众所周知，魔幻现实主义是 20 世纪 80 年代进入我国读者视阈的，尤其是随着加西亚·马尔克斯在坊间的流传，我们也便有了属于自己的解读和变体。"寻根文学"无疑是其中最具代表性的一支，而"寻根"这个词，最早可以追溯到 20 世纪二三十年代。适值"宇宙主义"和"土著主义"在拉美文坛斗得你死我活，宇宙主义者认为拉丁美洲的特点是她的多元，这种多元性决定了她来者不拒的宇宙主义精神。反之，土著主义者批评宇宙主义是掩盖阶级矛盾的神话，认为宇宙主义充其量只能是有关人口构成的一种说法，并不能解释拉丁美洲错综复杂的社会现实及由此衍生的诸多问题。在土著主义者看来，宇宙主义理论包含着很大的欺骗性，盖它拥抱的无非是占统治地位的西方文化，而拉丁美洲的根恰恰是被西方文化所阉割、遮蔽的印第安文明。这颇能使人联想起同时期我国文坛的某些争鸣。世界主义者恨不得直接照搬西方文化，甚至不乏极端者梦想扫除国学、抛弃汉字；而国学派，尤其是其中的极端者则食古不化、抱"体"不放。从某种意义上说，两者的胶着状态迄今未见分晓。前卫作家始终把走向世界、与世界接轨的希望寄托在赶潮与借鉴（甚至有了"世界文学中国化"之说。好像中国不属于这个世界似的。再说外国文学就是外国文学，如何中国化？何须中国化？），而乡土作家却认为最土的也是最民族的，最民族的就是最世界的。而"寻根"这个概念正是20世纪二三十年代由拉美土著主义者率先提出的，它经现代主义（形形色色的先锋思潮）和印第安文化（其大部分重要文献于30年代及之后陆续浮出水面）及黑人文化的洗礼，终于催生了魔幻现实主义。然而，翻检我国介绍这个流派的文字，跃入眼帘的大多是"幻想加现实"之类的无厘头说法；或者"拉丁美洲现实本身即魔幻"云云。诸如此类不着边际的说法没法令丈二和尚摸着头脑。哪有不是幻想加现实的文学？谁说拉丁美洲现实本身即魔幻（或神奇）呢？加西亚·马尔克斯倒是说过，"拉丁美洲的神奇能使最不轻信的人叹为观止"；他故而坚信自己是现实主义作家，而不是所谓魔幻现实主义代表。问题是：作家的话能全信吗？我兜了这么一个圈子无非是想从根本上说明莫言是如何理解《百年孤独》和魔幻现实主义的。一句话：他在《百年孤独》和拉美魔幻现实主义作品中看到了"集体无意识"。它沉积于民族无意识中，回荡着原始的声音。用阿斯图里亚斯的话说，它是我们的"第三现实"或现实的"第三范畴"。"简而言之，魔幻现实是这样的：一个印第安人或混血儿，居住在偏僻的山村，叙述他如何窥见一朵云彩或一块巨石变成一个人或一个巨人。……所有这些都不外乎村人常有的幻觉，外人谁听了都会觉得荒唐可笑、不能相信。但是，一旦生活在他们中间，你就会感觉到这些故事的分量……它们会转化成现实，成为现实的组成部分。"阿斯图里亚斯如是说。而卡彭铁尔则从另一个角度肯定了这一点，即加勒比人的"神奇现实"，谓"不是堂吉诃德就无法进入魔法师的世界"。他们所说的"第三现实"或"神奇现实"恰恰就是布留尔、荣格和列维—斯特劳斯不遗余力阐发的"集体无意识"或"原始经验遗迹"。而原型批评理论家们的高明之处在于发现这些"集体无意识"或"原始经验遗迹"不仅仅生存于原始人中间，它还普遍生成或复归于文学当中。然而，拉美魔幻现实主义和莫言的伟大在于揭示了各自从出的生活奥秘，即"集体无意识"或"原始经验遗迹"在现实生活中的奇异表征，以及这些表征所依着的社会历史文化环境或语境。正是在相似且又不同的生活和语阈之中，莫言与加西亚·马尔克斯完成了美丽的神交。

在我的印象当中，莫言从来没有明确地提到过这一点（"集体无意识"），但他悟到了，而且"神出鬼没"、持之以恒地将它"占为己有"；甚至踵事增华，最终令人高山仰止地缔造了魔幻的或者幻觉般的"高密东北乡"。这么多年，我从未听老莫说家乡话。他若开口说了，那一定是这样的："蒲松龄就是俺山东人（唵）。"

当然，他并未一蹴而就。他在换位中蜕变，在蜕变中换位。《红高粱家族》中，他所表现的还只是生活的野性。祖辈的秘方也透着恶作剧般的巧合或艺术夸张。但是，"集体无意识"在莫言的艺术世界中慢慢孕育，直至生长并出神入化地发散为《丰乳肥臀》教堂边的浮土："上官吕氏把簸箕里的尘土倒在揭了席、卷了草的土坑上，忧心忡忡地扫了一眼手扶着炕沿儿低声呻吟的儿媳上官鲁氏。她伸出双手，把尘土摊平，轻声对儿媳说：'上去吧。'"就这样，上官鲁氏开始独自生她的第八个孩子，因为婆婆要去照拂驴子："它是初生头养，我得去照应着。"之后是可想而知的女人的痛苦。同样，在以后的作品中，莫言一发而不可收。譬如，《生死疲劳》用了佛教六道轮回的意象，而《蛙》则明显指向了农耕文明根深蒂固的信仰："先生，我们那地方，曾有一个古老的风气，生下孩子，好以身体部位和人体器官命名。譬如陈鼻、赵眼、吴大肠、孙肩……"类似风俗大抵不同程度地存在于中华大地，譬如叫男孩狗呀猫啊，或者草啊木的，用莫言的话说，"大约是那种以为'贱名者长生'的心理使然"。

　　我第一次见到莫言应该是在20世纪80年代。近30年过去，弹指一挥间；如梦甫醒，初次见面的情景已然淡忘，唯有他敦实的模样和淳朴的笑容仍在眼前，而且它们一仍其旧，仿佛莫言从来就没有陌生和年轻过。我想，所有了解他、熟识他的人大抵会有一个共识，除了在亲友面前更加憨态可掬，他给人的印象始终可以浓缩为：长得不那么帅，可不失为堂堂的山东汉子；穿得不算讲究，却称得上干净利落、不卑不亢；反应虽快，然内敛得有点大智若讷；换言之，他话并不多，但总是大方得体、幽默机警。至于他的创作，则远非三言两语可以含括。

连科说故乡

前不久，阎连科因房事愁，朋友们也跟着郁闷了好一阵子。然而，此房事非彼房事：好端端的一座房子，被当作"小产权"说拆就拆，让连科尝到了无如之苦。他由此对故乡之类的理念、价值产生了怀疑。

连科真性情，他大名鼎鼎，却依然保持着一颗敏感的心，而且让心跳保持着他感动的节奏。就说房子被拆这件事吧，其实我本不该再提起的，因为这曾经深深地刺痛了他的心。他在博客上致上头的公开信尽人皆知。而上头当然无暇顾及诸如此类的"鸡毛蒜皮"。倒是汉学家达西安娜对"上头"或"上边"俩字颇费了一番心思。盖因这位汉学家心思缜密，她翻译连科的作品那叫认真！几乎逐字逐句如琢如磨，恨不得从《说文解字》、字根词源做起。于是，她对"上头"俩字注疏如下："上"者，上司、上界、上辈、上等也；"头"者，头脑、头羊、头等、头人也。二字叠加，即为"上头"，而"上头"者，领导也。至于缘何不说"领导"，要称"上头"呢？这就是阎连科的风格了，也可以说是中文的丰富、国人的智慧……如此等等。然而，她不知道的还有很多。譬如蒙式汉语里"上头"作介词用，与"因为"同。举个例子，他因为喝了咖啡，所以睡不着觉；蒙式汉语会说"他咖啡上头，睡觉不着"。再就是她用西班牙语注疏连科作品，我若不对着原文，其实是完全无法将她的话还原成中文的。一般说来，撇开原文去"还原"译文几无可能。譬如《红楼梦》，一旦译成外文，它本就不再是曹雪芹的《红楼梦》，若想撇开原著再从外文还原成中文，那么它一定更不是《红楼梦》了。首先，它可能变成了"幻想小说"（博尔赫斯语）；其次，曹雪芹的风格将荡然无存；再次，丫鬟的诗文可能比小姐的诗文看上去更有味道；再再次，我们就自然而然地想到了林纾或葛浩文们……

扯远了！但连科的《受活》也是不能还原的。河南方言译成外文便不是河南方言矣，它可能是古巴西班牙语、塞拉里昂英语、海地法语，等等。总之，再也不可能是阎连科的河南话了。

回到真性情，那么我敢说连科属于极少数在陌生人或大庭广众面前说话会脸红的名作家。中国作家、艺术家，乃至一般艺人如歌手、演员，大抵自我感觉甚好，口若悬河、目中无人者居多。连科则相反，他越是在台上、越逢正式场合，就越易脸红，这实在稀罕得很。我想，其所以如此的原因，一是没有一般名人的表演欲，二是他的本色与性情使他一直保持着谦逊与腼腆。说到腼腆，本人也不例外。但忽然有一天，我对自己说，"没什么了不起"。于是，脸皮竟也渐渐厚了起来。但连科英雄本色，他依旧是他。

奇怪的是连科的作品却给出了另一番景象。他的写作令人震颤，即使是熟识他、和他交往甚笃的人，比如余华等，也每每被他的作品惊倒。我们想象不出他下一部作品的当量。我愿意相信他对中华民族爱之弥深，期之弥切。故而，他的作品像原子弹，常常从一个充满反讽的意象出发，突然产生裂变，向四下辐射。因此，他"炸裂"的不仅仅是我们的现实，而且还有我们的阅读习惯、审美习惯。此外，他的小说大都没有传统意义上的情节和人物，而情节和人物往往如胶似漆、相辅相成。这并不是说他的作品没有故事，更不能说他缺乏讲故事、讲好故事的能力。但在强烈的意象刺激与曲折的故事情节之间，他首选前者。这也是他喜欢 20 世纪作家如马尔克斯、鲁尔福或卡夫卡胜于 19 世纪作家的原因。

回到最初的话题。由于房子被拆，连科尝到了不是"地主"之苦。这里所说的"地主"是必须加引号的，盖因他并非传统意义上刘文彩样的大地产主。而今土地属于国家，而国家是由人管理的。自上而下，有许多管理者，他们中不乏只管不理的。而诱连科买房和最后强拆其房的大抵都属于只管不理者。他于是认为其实国人已经没有了真正属于自己、任何时候都可以立足歇脚的家乡故土。他之所以这么认为，除了上述原因，还因为他感喟生于斯、长于斯的故乡已经不是那个令他梦牵魂绕、可以落叶归根的故乡了。古诗文里所谓的"物是人非""乡音未改鬓毛衰"等等，已然被倒转过来，变成了人是物非乡音改。只有鬓毛衰是自然规律，谁也反动不了。总之，故乡早已不是满目葱茏、五谷遍地的故乡，斗转星移中这世界一日千里。家门口的千年歪脖子树哦，过去人们攀爬、乘凉、拴骡马、有枣没枣打两竿，现如今早被柏油或水泥马路和汽车摩托所取代。

因此，阎连科在说到故乡时这样写道："最使我记忆犹新、不能忘却的，比较起来，还是我的父亲和父亲在他活着时劳作的模样儿。他是农民，劳作是他的本分，唯有日夜的劳作，才使他感到他的活着和活着的一些意义，是天正地正的一种应该。"他还说，"过年的母亲……母亲这时候……逢人就说，连科要回来过年了，仿佛超常的喜事。接着，过年的计划全都变了，肉要多割些，馍要多蒸些，扁食的馅儿要多剁些……回到家，母亲草草准备了一顿夜饭，让人吃着，身上又酸又疼，舀了饭，又将碗推下，上床早早睡了。然却一夜没有合眼，在床上翻着等那天亮。天又迟迟不亮，就索性起来，到灶房把菜刀小心地剁出一串烦乱的响音。剁着剁着，案板上就铺了光色，母亲就又往镇上车站去了，以为我是昨晚住了洛阳，今早儿会坐头班车回家……""孩娃们（应该是连科的外甥、侄子女——引者注）再也感觉不到新鲜，母亲也就委派不动他们了。那车站上就冷清许多，忽然间仿佛荒野了。可就这时候，我携着孩子、领着妻子，从那一趟客车上下了来，踩着那换成了水泥的街路……"（《三条河》）

连科这里所说的"冷清"一定是喧嚷的冷清，没有了父亲的冷清，不见母亲和亲戚身影的冷清，就像网络的喧哗留给我们的无限孤寂。由此，我想我的故乡也一样，一旦父母不在了，满眼的变化还能激发我多少乡情呢？过去步步芳草的山阴道没有了，李白眼里的如玉越女一个个穿上了牛仔裤或长丝袜，就连清早煤球炉子上蒸着的馒头的味道（家乡人管包子叫馒头，就连这也渐渐地被大量外来人口所改变着，几近散佚）也不再是记忆中的味道。城市一体化，乡村空心化真就如此这般势不可挡了么？

贾平凹的口音

首届中德作家论坛期间，贾平凹先生的演讲催生了一个新笑话。当他用浓浓的陕西口音演讲完毕后，台下报以热烈的掌声，尤以德国作家的掌声为甚。这时，忽然有人窃窃私语，说：看来外国人全听懂了，中国人全没听懂。我当时坐在第一排，老实说听得那叫真切，但确实没太听懂他演讲的内容。他的口音实在太浓重了些，听起来远比陕北民歌和秦腔更像陕西话。

他说人生至此，自己梦牵魂绕、想得最多、去得最多的还是农村。的确，他生在这方土地，似乎也真是为了这方土地而生。较之城市题材，他驾驭农村题材要得心应手得多得多。《废都》其实和"都市"没啥关系。故都或废都只是一个远远的、虚虚的背景，里面的人物及其所作所为基本只是所思所想的一两种外化罢了。

他的农村小说就不一样了。从近处说，《带灯》《秦腔》和《高兴》绝望地记下了当下中国农村的绝望。它们同《商州》《浮躁》《高老庄》等作品一脉相承，但主题更鲜明，内容更集中。"樱镇……除了松云寺外，竟然还有驿站的记载。"虽然寺庙早已毁坏，但见证它曾经辉煌的老松树还残存着。此外，樱镇"曾是秦岭里三大驿站之一，接待过皇帝，也寄宿过历代文人骚客，其中就有王维、苏东坡"。而现如今呢，"街面上除了公家的一些单位外，做什么行当的店铺都有。每天早上，家家店铺的人端水洒地，然后抱了笤帚打扫，就有三五伙的男女拿着红绸带子，由东往西并排走，狗也跟着走……"。但这样的恬静被迅速打破了，盖"大工厂的基建速度非常快，工地上一天一个样……"，而镇上的农民因为土地等问题不断上访。这是《带灯》所铺陈的主要内容，也是其同名人物得以成就的基础。而《秦腔》或可谓《带灯》的前奏。《秦腔》赖以展示的情景同样是一个小镇，或者小镇上的一条叫做清风的街。"清风街是州河边上最出名的老街。"街上还有戏楼，楼上有三个字：秦镜楼。"戏楼东挨着魁星阁，鎏金的圆顶是已经坏了，但翘檐和阁窗还完整。"在过去的多少年间，这里的人们日出而作，日入而卧，民风醇厚，秦腔铿锵。但时移世易，转眼间青壮外流，秦腔式微，空留下一条老街和一群遗老遗少，就连为街坊邻居办丧事都凑不齐吹唱和抬棺的人了。《高兴》的故事虽然发生在西安的一个城中村里，但主人公刘高兴却是来自清风镇的"农民工"。如此，小说与《秦腔》和《带灯》构成了巧妙的呼应，从而反观了农村的变迁、乡土的消逝。

所罗门说过，"你要看，而且要看见"。我们却不然。对于周遭现实，我们常常视而不见，听而不闻；或者有眼无心，有耳无情，且人如其面，面面不同。同样的现实，我们甚至可能对之闭目塞听。平凹的高度在于他不仅看了，而且看见了，甚至写到了。三部小说都有后记，而这些后记都见证了作家的良知，而这良知不仅来自浓浓的乡情，也同样来自比乡情更为深广的艺术直觉。贾平凹是极少数可以不时地与农民同吃同宿的作家之一。当下、在场是他最大的财富，也是他最大的苦闷。在《秦腔·后记》中贾平凹说："我站在老街上，老街几乎要废弃了，门面板有的还在，有的全然腐烂，从塌了一角的檐头到门框脑上亮亮的挂的蛛网，蜘蛛是长腿花纹的大蜘蛛，形象丑陋，使你立即想到那是魔鬼的变种。街面上生满了草，没有老鼠，黑蚊子一抬脚就轰轰响，那间曾经是商店的门面屋前，石砌的台阶上有蛇，蜕一半在石缝里一半吊着。张家的老五，当年的劳模，常年披着褂子当村干部的，现在脑中风了，流着哈喇子走过来……"

《高兴·后记》最长，记录了小说从动因到人物、素材、构思等一系列过程。但最重要的依然是平凹的那一份设身处地的情怀。"如果我不是 1972 年以工农兵上大学那个偶然的机会进了城，我肯定也是农民，到了 50 多岁了，也肯定来拾垃圾，那又会是怎么个形状呢？这样的情绪，使我为这些离开了土地在城市里的贫困、卑微、寂寞和受到的种种歧视而痛心着哀叹着，一种压抑的东西始终在左右了我的笔。我常常是把一章写好了又撕去，撕去了再写，写了再撕，想为什么中国会出现打工的这么一个阶层呢？这是国家在改革过程中的无奈之举、权宜之计还是长远的战略政策？这个阶层谁来组织谁来管理，他们能被城市接纳融合吗？进城打工真的就能使农民富裕吗？没有了劳动力的农村又如何建设呢？城市与乡村是逐渐一体化呢，还是更加拉大了人群的贫富差距？我不是政府决策人，不懂得治国之道，也不是经济学家有指导社会之术，但作为一个作家，虽也明白写作不能滞止于就事论事，可我无法摆脱一种生来俱有的忧患，使作品写得苦涩沉重。"

贾平凹为《带灯》所作的《后记》更为明晰地印证了我的感觉：平凹的文字放浪不羁，但他的内心却孤寂惆怅。"几十年的习惯了，只要没有重要的会，家事又走得开，我就会邀二三朋友去农村跑动，说不清的一种牵挂，是那里的人，还是那里的山水？"贾平凹如是说。同时他又说："我的心情不好。可以说社会基层有太多的问题，就如书中的带灯所说，它像陈年的蜘蛛网，动哪儿都落灰尘。这些问题不是各级组织不知道，都知道，都在努力解决，可有些能解决了有些无法解决，有些无法解决了就学猫刨土掩屎，或者见怪不怪，熟视无睹，自己把自己眼睛闭上了什么都没有发生吧，结果一边解决着一边又大量积压，体制的问题，道德的问题，法制的问题，信仰的问题，政治的问题，生态的问题……"

但是，这些问题归根结底是现代化的问题，是人类何去何从的问题。贾平凹在进行史诗般的记叙；这需要天才的洞识力或艺术无意识，其史诗般的悲壮只有在我们彻底丧失千年乡土或故乡之际才会千百倍地突现出来。总说历史的车轮滚滚向前，又有几个能在如此快速行进的车厢里看清逝去或即将逝去的景物呢？

再说老贾作品沉重，但有关老贾其人其文却笑话多多。碍于朋友面子，我这里不说也罢，反正写着写着，我心里在笑，但这笑却是充满善意的，盖因我一概将它们当作我老家有关"徐文长"的传说一样看待。无论雅俗荤素，终究还是文人雅趣，仿佛围炉夜话、品茗逸谭。怪只怪老贾平凹他名气太大。倘使要我编一本新《笑林广记》之类的当代名士搞笑集，我一定从他开始，说说时人是怎么搞笑、造笑的。

戏说余华

　　余华小我几岁，但他从来都连姓带名直呼我陈众议。早年我曾觉得别扭，希望他叫我一声老陈或者众议，但每每话到嘴边又咽了回去。他老兄性情中人，为人为文锋芒毕露，老实说我不想因区区一声称谓使他不悦，坏了朋友之谊。再说那是他的习惯、他的风格，就像我管他叫余华本是一样的道理（尽管单名者较易被人姓名连呼）。更何况符号学早把一切符号化了，姓名便理所当然没了远古的忌讳（所谓名讳是也）。但我老先生自幼接受传统教育，还看了不少《水浒传》《三国演义》之类的劳什子。它们虽非"四书五经"一般正经，但骨子里也有仁义礼智信、温良恭俭让，程度不同、角度有别而已。这个我以后再说。

　　且说余华有锋芒，他居然敢当面说老莫长得不怎么样。我由此颇有些联想到某年春晚（我对数字缺乏敏感和记性，哪年着实记不得了）上有一小品，其情节夸张到牙医拎着大半箱牙齿和一把足以拔下象牙的钳子吆喝着治牙病、拔牙齿。余华也当过牙医，因此我不由得把他想象成动辄拿钳子拔人牙齿的郎中。好在他后来改用钢笔了，否则我还真该惧他几分呢。但用钢笔的他依然犀利无比。早先他用他的笔触把我等习以为常的中文戳了不少窟窿（闭上眼睛，我几能看见渗血的字符）；而后他又掉转笔头，把人性这个东西戳得满处滴血。再后来他就索性用如椽之笔涂鸦起世道的脏臭来了。总之，他的手没闲着，心口亦然。

同时，作为曾经的先锋作家，余华的作品是赤裸裸的。他要用无所谓掩饰自己的有所谓。这使他更像是卡夫卡与博尔赫斯的近亲。前者用荒诞不经写世界逻辑，后者拿有限篇幅拥抱无限意象。是的，余华钟情卡夫卡和博尔赫斯，尽管他走的是不同路径。但是，卡夫卡的内在逻辑与外在荒诞使他着迷，而博尔赫斯的古典思辨与现代玄奥令他感奋。后者小说中的某些细节是他经常挂在嘴边的，譬如那个死而复生的杀手，在脖子上系了一条丝巾以掩饰刀疤；再譬如一个人突然消失得无影无踪，被博尔赫斯喻为水滴入水中，如此等等。

不过，余华的阅读有时也充满了演绎。令我记忆犹新的一则是他对马尔克斯《霍乱时期的爱情》的解读。他认为马尔克斯有意挑战了古来爱情小说的写法：让可能成为不可能。首先，两个非常相爱的年轻人必须分道扬镳，而且原因必须不同于以往的任何爱情小说。于是，余华替马尔克斯做到了。他的演绎是这样的：因女方父母竭力反对女儿和男主人公接触，动用关系，将后者发配到了鸟不拉屎的偏远山区。当然这是小说的内容。但这反而使得两个年轻恋人爱得如痴如醉。由于男主人公是报务员，小两口鱼雁往返，相思甚笃，关系便更加亲密矣。这也是小说的情节。而余华的演绎在于之后恋人久别重逢的一个细节。马尔克斯在这个细节上虚晃一枪，谓女主人公在人声嘈杂的集市上看见了男主人公，发现自己其实并不爱他。大意如此。而余华的演绎就使出了牙医灭杀神经的本领，他说妙龄女郎美艳动人，一路走去，引来无数男人淫荡的目光和指指戳戳。这时，男主人公妒火中烧，他咬牙切齿，恨不能亲手宰了这些下流的家伙。说时迟那时快，女孩回首一瞥，恰好看到了梦中情人的狰狞面目，从而将心目中的美好怀想、美好记忆打个粉碎。老实说我喜欢余华的这番演绎。其次是不可能成为可能。关于这一点，余华是有保留的，也就是说当小说中的这对曾经的恋人于耄耋之年重逢时，居然真的再度相爱并第一次享受到了爱的甜蜜。我也喜欢余华的保留。盖因马尔克斯有点过分为难自己，因为他一开始就替自己设下了难题：小说的男女主人公 18 岁时不能在一起，因为他们太年轻；到了 80 岁依然不能在一起，因为他们太老了……

　　我常想拿余华的小说揣摩他的构思过程。我估计他想的远比他写的要夸张和具有杀伤力。这就又使我不由得联想到他作为牙医的曾经……

格非的矛盾叙事

格非是著名作家，但他也是我的同行学人。他本名刘勇，江苏人氏，但举手投足之间颇有几分北方汉子的阳刚。我没有研究过他的家庭背景，不知道他父母的籍贯，就连他的笔名是否与李清照乃父有关我也不得而知，但他的长相、性情和作品似乎可以说明他不是单纯的吴越品种。他和苏童不同，没有偶尔生发的婉约气质，倒是充满了矛盾性和多维性。譬如他的《人面桃花》，几可谓矛盾叙事的典范。

众所周知，矛盾修辞（Oxymoron）拿两种互不兼容，甚至截然相反的词语来形容同一事物，从而生发强烈、奇崛的悖论式效果。由于这种修辞格往往"出人意料"，因而也特别引人入胜。但像格非这样将矛盾修辞推延至叙事风格并在一部作品中加以体现的却实实罕见得很。这多半与格非长期研究叙事学、探究文学规律有关。篇幅所限，我这里不能展开，且因无缘专门研究格非而未及细读他的所有著述，只能就《人面桃花》略陈管见，甚而择要不格致、点到却为止。

一如"痛苦的狂欢""真实的谎言""喧嚷的孤寂"等矛盾修辞，格非的《人面桃花》（2004）充满了古典与先锋、悲剧与喜剧、玄秘与狂欢、审美与审丑、逼真与失真、一般与个别、陌生与间离等矛盾冲突或悖论式叠拼。所谓古典与现代，从最浅显的层面看，它既有从《诗经》楚辞、唐诗宋词，乃至骈文、曲牌、明清话本——尽管曾几何时后两者不登大雅之堂——等多文体杂糅，又有生活流、意识流或任意的延宕、有意的歧出，也有类似于"以后当如何如何"的全知全能及冒号、分号、引号、单引号、人称代词省略的明叙与暗叙或亚叙并立所造成的混乱。此外，题材本身也是格非选择亲近古典，同时又不拘古典的重要原因，尽管题材与风格的对应并不绝对和必然。但无论如何，选择亲近古典确实不失为是一种挑战，盖协调现代与古典并不容易，况且白话文运动之后，之乎者也毕竟渐渐淡出了我们的文学。所以然，格非的古典（尽管在不同人物那里颇有等级之别）与现代（包括任意）遂显得格外矛盾。

同时，《人面桃花》中悲剧因素多多。极乱时世，无论弄潮儿还是被弄人，皆为不幸人。陆秀米、张季元、小岛六雄、翠莲、喜鹊、韩六、孙姑娘，乃至小东西等等，几无善终者。时代如斯，此乃悲剧由来。而明显的喜剧化因素却是春来发几枝式的醒目而耀眼的点缀，它们主要由反讽构成，譬如丁先生为妓女孙姑娘所作的挽词或墓志铭堪称经典，曰："雅人骚客，皆受其惠，贩夫走卒，同被芳泽……"又曰："国与有立，曰纲与维，谁其改之，姑娘有雪……"等等。如此这般云云。

当然，大处着眼，秀米等人的造反形同儿戏，其所营造的喜剧效果几可与《巨人传》相媲美。在拉伯雷笔下，逗笑的主体是鼻涕邋遢傻乎乎的巨人，而在格非这里，笑料来自"革命者"，有妓女、乞丐、秃子、歪嘴、丁寡妇、大卵子、王七蛋、王八蛋等。

至于玄秘与狂欢，则是格非在早期创作（探索）中已然表现出的钟情。《褐色鸟群》（1988）就曾写到一个隐居人的故事。他整天忧心忡忡，并对邂逅的少女说起一桩谋杀案。话说有个少妇因不堪丈夫酗酒，终起杀念，而隐居人居然目睹了她谋杀丈夫的全过程。最大的玄秘在于那个被杀的丈夫居然在盖棺之前坐起来解开了上衣的纽扣。也就是在这个时候，他被盖棺钉定了。在《人面桃花》中，父亲陆侃和秀米无疑是两大玄秘源。当然，秀米的母亲和张季元也各有隐情和玄秘之处。父亲（第三章中的老爷）始终是一个谜，他一开始就被界定为疯子，且被揣与乌托邦有关，但孰真孰假没人知道，小说在此留下了巨大的悬念；第三章中的秀米—校长亦然。不同的是父亲—老爷的乌托邦立于思，秀米—校长的乌托邦基于行。前者影子般的存在直到最后才因下棋耄耋的"偶然"出现被朦胧点破。这种似是而非在更加似非而是的秀米身上体现出来，再加之秀米的一系列梦境，使玄秘或升或沉，烘托出亦真亦幻的叙事效果。这种玄秘而肃穆的方法与作品的狂欢化叙事适得其反，却又殊途同归。于是父亲—老爷的乌托邦与秀米的乌托邦或反乌托邦遥相呼应，折射或牵引出理想与革命的光怪陆离，从而最大程度地表现了扭曲的人性或世道人心。譬如张季元等革命者丧失人伦的奇谲怀想：天下大同，人人平等，想娶谁就娶谁，哪怕是自己的亲妹妹。

此外，审美与审丑的并立在作品中既体现于对桃、荷、梅、菊等充满唯美精神的描写，也表现为令人极不可耐的脏、乱、恶、臭的渲染，其中最怵目惊心的当数秀米—校长涂粪装痴（令人迁思乃父发疯或传说中的勾践尝粪、孙膑食屎），以及她对浑身恶臭的老乞丐的性臆想或性意向：

"天色将晚的时候……她遇到了一个驼背的小老头。他是一个真正的乞丐，同时也是一个精于算计的好色之徒。他们一照面，秀米就从他脸上看出了这一点。他像影子一样紧紧地攥着她……他身上的恶臭一路伴随着她……第二天，她醒过来的时候，乞丐早已离开了……假如他昨晚想要，她多半会顺从。"（省略号系引者所加——引者按）这样的内心独白唯有与"革命""大同""平等"等理念及秀米的"实践"——盲动联系在一起才显得合情合理。但事情还不止于此，真正重要的是后一句所展示的玄秘色彩与狂欢精神："反正这个身体又不是我的，由他去糟蹋好了。把自己心甘情愿地交给一个满身秽污、面目丑陋的乞丐是一件不可能的事，而只有不可能的才是值得尝试的。"与此同时，秀米从父亲那里遗传了雅致。父亲陆侃曾梦想用一回廊将整个唤作普济的村镇连接起来并缀以花卉绿树。因此，当秀米被绑架至花家舍时，也便有了似曾相识之感："她看到的这座长廊四通八达，像疏松的蛛网一样与家家户户的院落相接。长廊两侧，除了水道之外，还有花圃和蓄水的池塘。塘中种着睡莲和荷花……"与此对应，花家舍的土匪头儿一个个心狠手辣，凶相毕露。用人物韩六的话说，他们动辄就撕票。譬如："他们眼见得那张花票留不住，就把她杀了。他们先是把她交给小喽啰们去糟蹋，糟蹋够了，就把她的人头割下来放到锅里去煮，等到煮熟了，就把肉剔去，头盖骨让二爷拿回家去当了摆设……"如此残酷的描述是需要预先将体温冰冻一阵子的。反过来，最大的土匪头子却又满嘴的之乎者也，并自诩"羲皇以来，一人而已"。至于比比皆是的屎、尿、屁、脏、臭，则它们恰好与梅、兰、竹、菊、荷之类矛盾地并列并存。

逼真是虚构的反面，但它同时也是虚构赖以"成立"的基础，是文学"内规律"的重要体现，但格非在这部小说中有意颠覆"千方百计"酝酿的古典气韵和大量夹批所营造的逼真，一步步使"本事"消释于强大的虚构当中，并反过来凸显了"本事"的虚妄。

逼真与失真好比写实与虚构。换言之，虚构和想象、幻想，作为写实或真实的对应，在《人面桃花》中似乎被不加区别地一视同仁了。为避免钻牛角尖式的条分缕析，我们亦当如斯观。

老实说，辛亥革命只是一个粗略的背景，甚或一个渐行渐远的影子。这一方面为作品的虚构提供了空间，但同时也限制了虚构的（时间）维度。作品没有涉及任何历史人物，但陆侃的想象和张季元等人的"革命"以及土匪窝花家舍可以被看作是那场革命的三种微缩变体。既是微缩，它们遂显得格外"精致"；既是变体，它们又分明被"任意"化了。但任意并不等于无法。格非的高明之处是淡化大背景、活化（逼真的）小环境，并为此使出浑身解数：

　　（一）潜在第一人称叙述（除第三章外，秀米一直是全书的潜在叙述者。也许正因为如此，第三章也是全作最缺乏逼真感的）；

　　（二）夹批。既可瞻前，亦能顾后，如"1958年8月，梅城县第一批革命烈士名单公布。张季元名列其中……（省略号系引者所加——引者按）"；

　　（三）日记。如张季元日志，它的特点在于既写革命（事业），复写爱情，其"真实"程度使秀米陷入恋爱和革命的双重情网；

　　（四）其他细节，如夜壶、马桶、草木、家畜，等等。

　　但是，貌似步步为营的真实企图和由此建构的"内规律"在一系列虚构中分崩离析。首先是梦境。无论弗洛伊德们如何强调梦的"真实性"，但梦毕竟是梦。然而，格非有意打碎梦境与"真实"的界线，使秀米的梦境一次次与"实际"重叠，以至于最后连她自己也分不清哪里是梦、哪里是实了。譬如，在花家舍，秀米又做了个梦，梦见床头桌上放着一穗热气腾腾的玉米棒。有人来到床边，边啃玉米边和她聊天，说他和她是"同一个人"："'你以后会明白的。'来人道，'花家舍迟早要变成一片废墟瓦砾，不过还会有人重建花家舍，履我覆辙，60年后将再现当年盛景。光阴流转，幻影再生。一波未平，一波又起。可怜可叹，奈何，奈何。'说完，那人长叹一声，人影一晃，疏忽不见。秀米睁开眼睛一看，原来是个梦……"问题是床前"橱柜上还搁着吃了一半的玉米"。这不是柯尔律治之梦吗？有人梦见自己去了天堂，而且从天使手里接过了一支玫瑰，醒来时玫瑰就在手中。柯尔律治的问题是：该当如何？顺便提一句，所谓"60年后将再现当年盛景"，既为《山河入梦》和《春尽江南》，尤其是后者留下了伏笔；也多少点出了中华民族集体无意识中的乌托邦或反乌托邦精神。其次是夸张的革命（狂欢）或打家劫舍所引发的反讽。它寄生于遥远的"本事"——辛亥革命，但反过来小说叙事的虚拟程度及其"内规律"（革命＋性爱＋造反＋打家劫舍＋乌合之众）足以将"本事"化为乌有。同时，疯狂（包括陆侃）与革命、与造反、与打家劫舍、与性爱狂想成了难分难解的同义词。因此，"本事"的虚化不仅是叙事策略，也是意识形态。

诚然，小说最失真之处当推第三章。由于叙事方法（策略）的突然改变（叙述者不再是秀米这个潜在的第一人称），由于革命被夸张地渲染为一群乌合之众的疯狂游戏，作品苦心孤诣缔造的逼真被彻底瓦解。当然，换一个角度看，拿这种叙事的矛盾来指涉时代的矛盾、"本事"的矛盾也可能是作者有意追求一种艺术境况。

再说一般与个别。小说在人物塑造方面同样徘徊在虚实两极之间。这是毋庸置疑的，但同时也是无可厚非的。虽然文艺复兴运动以来的人文学者普遍重视人物性格塑造，以至到了 19 世纪，性格擢升为一切文学创作的重中之重、要中之要（恩格斯关于典型环境中的典型性格论自不待言，黑格尔美学的要义对此也多有涉及），但 20 世纪世界文学对于人物性格的偏废也是不言自明的。从卡夫卡到博尔赫斯，我们看到的几乎仅有观念和意象。我们甚至无法对他们笔下的某个形象的外在轮廓和内在心志形成较为清晰的印象。反之，我们几可明确说出林黛玉、薛宝钗或贾宝玉相貌如何、秉性如何，或者准确描述安娜·卡列尼娜或包法利夫人的万方仪态，盖因他们（或者说曹雪芹和托尔斯泰）为我们提供了基本的身心构造和想象基础。而现代文学非但常常不屑于描写人物外表，甚至连人物内心也每每被消释在无限的不确定中，却美其名曰复杂和相对，并为极端的主观接受或相对主义预设了空间。

格非的人物描写虽算不得精细和古典，却也并未完全放任自流。其中《人面桃花》的主要人物主要由人物相互描摹。譬如，张季元的外表主要由秀米完成"建构"，反之，秀米则主要由张季元代为表征。张季元在其日记中写道："目如秋水，手如柔荑……"；"她的脖子是那么长，那么白……"如此等等，疏疏朗朗，三言两语，当可使读者悉知秀米是个身材高挑、天生丽质的美人儿。至于人物性格，它主要由情节来推演，同时反过来推演情节。这也是一般古典作家的做法。譬如莎士比亚，即使"一百个读者就有一百个哈姆雷特"，他对忧郁王子的性格描写却不能不说是有机的、完整的。问题是格非似乎并不刻意刻画人物性格，尤其是主要人物，如陆秀米及其父亲、张季元以及花家舍大当家王观澄（有些次要人物反倒更加活灵活现，让人过目不忘，思之犹存，譬如翠莲，再譬如花家舍的三当家、五当家等，这说明格非并不缺乏塑造性格的机巧）。且不说他们的疯具有相似性，即使是在日常行为的逻辑性上，他们也极具相似性。张季元对秀米的爱缺乏逻辑铺垫，除了简单的外表描述，几乎无关乎后者性格或心性方面的表述；同样，前者对秀米缺乏外表的吸引，其所从事的革命事业也不为后者所理解，却靠区区几句狂语（很大程度上是令人难以置信的诳语）征服了她。至于陆侃和王观澄，他们的相似性则几可用《百年孤独》中的阿卡迪奥们或奥雷良诺们相比拟。从这个意义上说，集体无意识也许果真是格非最着力表现的内容。也只有在这个层面上，个性（或人物性格）必然让位于类型化（或群体化）形象而退居至次要地位。此外，人物一旦作为民族集体无意识的"代言"，也便具备了相对的"一般性""普遍性"或"永恒性"。英国作家塞缪尔·约翰逊认为一流作家写人性，二流作家写现实，谓"只有表现一般的自然才能给人愉悦，也才能使愉悦长久……莎士比亚超越一切作家……他的人物不因地域风俗的改变而改变，放之四海而皆存"。然而，布莱克针锋相对，他的诘问是：一般自然，有这样的东西吗？一般原则，有这样的东西吗？一般人性，有这样的东西吗？他坚信只有特殊性、个别性才彰显价值。一般性是白痴的东西。这在后来的表现主义和印象派当中找到了各自的后人。反过来，他们同样可以将各自的源头追溯至柏拉图和亚里士多德。这就是文学的矛盾，也是文学的丰富。格非并非"草根作家"，对此当心知肚明。事实上，作为文学教授，他对叙事学多有研究。他的矛盾或许有意指向约翰逊 VS 布莱克矛盾。屈为比附，同写极乱时世（抗日战争）的钱锺书不无类似的考量，但处理此等矛盾时却明显偏向前者，这也正是他不喜欢悲剧（如《红楼梦》）而钟情喜剧（如《西游记》）的原因。而格非则明显纠结于二者之间。

　　而后是陌生与间离。它们曾被同时译作"陌生化"和"间离化"，但在原文却是同一个"Defamiliarization"，是俄国形式主义文论的重要概念。在什克洛夫斯基那里，"陌生化"是使熟悉的事物陌生，使石头恢复石的质感，其有效方法便是借用描写其他事物的相应词汇，从而激发人（业已迟钝）的感觉知觉。但到了布莱希特笔下，情况发生了变化。他受俄国形式主义启发，但将"陌生化"概念颠覆而使之转向"熟悉化"。他拿中国戏曲为例，认为中国艺术家在表演时表达了对观众的（尊重？）意识。观众再也无法保持一种幻觉，认为自己在观看真实发生的事件。表演者的动作、表情和台词与被表演者保持很大的距离，他们小心翼翼不把角色的感觉变成观众的感觉。这样的看法当然不无偏颇，盖中国戏曲的"熟悉化"表演依然可以激发观众的喜怒哀乐，盖他们早已接受了那些程式，并感同身受地与演员（人物）同悲欢共命运。因此，他所谓的陌生，其实是间离（即演员同人物、观众同演员—人物的反移情效果），与什克洛夫斯基所说的那种让人犹如初见初闻的感觉（惊奇）适得其反。格非的小说兼具双面效应。谓予不信，我姑且各举一例。首先，秀米的初潮被大大地陌生了一回。它作为小说的开场大戏和"父亲"的疯癫一样令人难忘："她觉得肚子疼痛难捱，似有铅砣下坠，坐在马桶上，却又拉不下来。她褪下裤子，偷偷用镜子照一照流血的地方，却立刻羞得涨红了脸，胸口怦怦直跳。她胡乱地往里塞了一个棉花球，然后拉起裤子，扑倒在母亲床上，抱着一只绣花枕头喃喃道：要死要死，我大概是要死了……"随后是少女充满恐慌和羞惭的好一番侦察。其次，围绕桃花源和花家舍，作品展开了堪称经典的一系列"熟悉化"演绎。这其中既有间离，也有移情。譬如，有关桃花源的诸多描写不可谓不重复，却明明暗喻了《山河入梦》和《春尽江南》中的某些场景，从而对青天白日或"全国山河一片红"式的乌托邦构成讽喻。而花家舍头领唱小曲、对淫对子又每每催人迁思一些民间小曲、古典话本或明清传奇中的采花盗、"雅色狂"。比如："海棠枝上莺梭急，篁竹荫中燕语频。壮士腰间三尺剑，女儿胸前两堆雪。"说"正经"的，格非的有些"陌生化"或"间离化"效果来自有意的"紊乱"。这里有两个很说明问题的例子，一个是李商隐的《无题》诗，人物错把"金蟾啮锁烧香入"变成了"金蝉啮锁烧香入"；另一个是由韩愈诗《桃源图》引出的那幅"名画"。前者据传倒"真"与韩愈有关，即贾岛《题李凝幽居》中"鸟宿池边树，僧推月下门"中的"推"字，相传被韩愈点化成了"僧敲月下门"，并使这"推敲"传为佳话。至于后者嘛，多半是格非为了陌生的间离或者相反而臆造的。

　　凑个吉利，最后说说大学与小说。《大学》云："大学之道，在明明德，在亲民，在止于至善。知止而后有定，定而后能静，静而后能安，安而后能虑，虑而后能得。物有本末，事有终始，知所先后，则近道矣。古之欲明明德于天下者，先治其国，欲治其国者，先齐其家，欲齐其家者，先修其身，欲修其身者，先正其心，欲正其心者，先诚其意，欲诚其意者，先致其知，致知在格物。"然而，格非者既格物，也格非；事事矛盾，相生相克，万物乃存。

　　格非的"大学"显然是张季元之流的"革命大道"。它除了前面说到的"想娶谁就娶谁"之类的"天下大同""绝对自由"；还有与之相"适应"的"十杀令"，其令人毛骨悚然的内容大致如下：一、有恒产超过40亩以上者杀；二、放高利贷者杀；三、朝廷官员有劣迹者杀；四、妓女杀；五、偷盗者杀；六、有麻风、伤寒等传染病者杀；七、虐待妇女、儿童、老人者杀；八、缠足者杀（后经众人再议，改为自革命成功之日起凡再缠足者杀）；九、贩卖人口者杀；十、媒婆、神巫、和尚、道士皆杀。这十全大杀既有对古来国人的种种令规、彩头（如"十全大补"）的戏谑，也有对摩西十诫之类的反衬。此等"革命大道"在张季元书写日志的过程中即被解构。而与之同构的秀米式革命或花家舍式共和不仅成为格非小说的变奏，而且与一种或可称之为基调的矛盾性相互交织，并一起将小说的底线推延到了某种极致。《庄子·外物》有"饰小说以干县令"之谓。据说这是"小说"一词的最早出处。虽然"县令"之义迄今未有定论，但小说曾经作为稗官邪说、街谈巷议的同义词却是基本可信的。它因此一直为道统所不齿，直至维新变法及梁启超的一纸《论小说与群治之关系》之后，才逐渐得以正名。当然，这不仅是中国历史的需要，也直接受惠于西方文化。如今，小说这种"真实的谎言"或"痛苦的狂欢"愈来愈体现出比正史更为强劲的力量。在格非笔下，它是一种反宏大叙事的宏大叙事。

即使不将"江南三部曲"中的另两部纳入视野，《人面桃花》也已然独立构成了一种新宏大叙事。它无疑是格非迄今为止着力最甚的一部小说，也无疑是当今世界文学在各种"回归"声浪或取法中形成的一个丰富的声部，一抹多维的风景。

"彼亦一是非，此亦一是非"，类似矛盾多多。总之，作品在如上及诸如此类的二律背反中完成了矛与盾或大学与小说的共生。

我想，以上矛盾大抵与格非的文学参悟或艺术无意识有关。简言之，迄今为止，文学研究的核心问题始终是回答文学是什么，以及文学何为、文学何如等诸如此类的问题。文学（诗）言志，但也能抒情；它有用，但又分明是无用之用；它可以载道，同时还可能指向消遣，甚至游戏等等。凡此种种，说明任何表面上足以自圆其说的文学命题或理论体系，完全可以推导出相反的结论。换言之，文学及文学批评犹如基因图谱，在一系列矛盾中呈螺旋式沉降和发散之势。言志与抒情、有用与无用、载道与消遣，以及写实与虚构、崇高与渺小、严肃与通俗，甚而悲剧与喜剧、人学与物象、传承与创新等等，时至今日，均可能找到充分的佐证或理由。

也许，《人面桃花》的矛盾叙事是有意的，可谓以乱示乱；也许《人面桃花》的矛盾叙事是无意的：古典与先锋、悲剧与喜剧、玄秘与狂欢、审美与审丑、逼真与失真等等，相生相克，但最终是否相得益彰，一是读者说了算，二是时间说了算。一方面，如上矛盾及凡此种种多少体现了乱象丛生的世道人心；另一方面，矛盾的叙事终究难免叙事的矛盾。

诚然，无论格非有意无意，世界如是，人心如是！当我们满嘴仁义礼智信、温良恭俭让的时候，我们的历史却被鲁迅等无情地冠以"吃人"二字。格非的矛盾叙事多少见证了他的某种矛盾或参透，即古典与现代、驳杂与单纯、精心与任意等诸多叙事方法和矛盾因素的兼收并蓄、杂然共存。

奥兹速写

传统诗学，不论东西，大都讲究含蓄。所谓"含蓄"，隐含言外之意，秀蓄美文之翠。用脂砚斋的话说，这叫做"柳藏鹦鹉语方知"。用学者刘大櫆的话说，则是句上有句，句下有句，句中有句，句外有句，大言希声（[清]《论文偶记》）。西方固然解放得早，但古典文学中但凡涉及性爱者，也是"犹抱琵琶半遮面"的居多，即使是文艺复兴运动以降，真正素面朝天、一丝不挂的描写也是少之又少。必得到20世纪，尤其是在20世纪中叶，随着性解放的大旗迎风招展，这世界才终于扯下遮羞布，兴高采烈、嬉皮笑脸地重新演绎了亚当和夏娃。

奇怪的是奥兹身为以色列"新浪潮一代"的主将，居然是以含蓄开场的。血气方刚的他在1968年《我的米海尔》一书中，竟显得十分腼腆。女主人公更是用第一人称三言两语道出了她的那种不无矛盾的肌理："我"从来也不想找个不开化的男人……但是如果丈夫饥渴之极，向"我"扑来，"我"

就该为自己感到羞耻。于是，小夫妻的生活细节被巧妙地掩盖起来，隐隐约约，藏而不露，一副点到为止的敛容正色。与此相仿，那些满可以大书一笔的事物，也往往被轻轻地点化、虚化、淡化了。比如割礼，它虽非残留于非洲的性别歧视与摧残，而是一种具有科学依据的、现代化了的传统；但毕竟源远流长，况且是犹太—基督教文明中绝无仅有的一种传统。然而，在《我的米海尔》当中，它被轻描淡写，甚至可以说是一笔带过了。

相反，在整整 23 年以后，奥兹风云突变。性被放大了。男女之间"不著一字，尽得风流"的苍苍茫茫之态、朦朦胧胧之感消失了，取而代之的是一种充满现代气息（或谓"普世精神"）的率直。作者变化之大，俨然判若两人。于是，读者仿佛从《红楼梦》回到了《金瓶梅》或者干脆直奔伊甸园，看尽亚当与夏娃之情之景。于是，连喀巴拉（即犹太神秘主义）那肉体与光的玄奥关系也被叙述者拿来指涉性爱了。而且女性人物在诸如此类的指涉中亢奋着，忘掉了男主人公费玛的许多不是，原谅了他在发胖，原谅了他没洗内衣，原谅了他的一切。古老的神秘主义在这里产生光合作用，这既是主观的，也是客观的；像绘画，也像摄影，但更像现代心理学、物理学与光学的奇妙结合。

以色列文学专家徐新先生很含蓄，他在《读〈费玛〉，谈文化》一文中把奥兹的率直理解为一种隐喻，谓费玛身上表现出的不符合传统道德的两性关系对于经历了性解放运动的人来说虽无多少出格之处，但奥兹作为一位严肃作家绝不是为写性而写性，盖因犹太文学的重要传统之一便是用两性关系隐喻人与社会，尤其是人与上帝的关系。不知奥兹先生对此作何感想。

徐新先生的意见不可谓不在理，但我不禁由此想起了大江健三郎先生。他老先生一向以为性是 20 世纪乃至未来文学的头等内容。而本人所面对的许多西班牙语作家和在座的不少同胞作家……又恰恰都是这方面的显证。马尔克斯老了，还在大写特写过往风尘女子的艳遇；略萨却反其道而行之，居然大书特书小不点儿如何深谙此道，而且乐此不疲。前不久，伊莎贝尔·阿连德也心血来潮，写了本《阿佛洛狄特》。凡此种种，不胜枚举。诚然，文学不是性学。奥兹先生给出的也许正是他孜孜追寻的"第三种状态"。而所谓"第三种状态"，在我看来，也许正是理想和现实、传统和现代、灵魂和肉体、东方和西方，以及男人与女人、个人与家庭、家庭与民族、民族与世界，当然还有含蓄和率直、严肃与通俗的关系及关系（排中律）之外的更大的可能。这很像是对克里奥尔美术中"之间理论"的艺术诠释与超越，令人迁思巴西当代文豪吉马朗埃斯·罗萨的《第三河岸》或者阿斯图里亚斯的"第三范畴"。这何尝不是一种积极的姿态，一如奥兹在以巴甚而诸多问题上的姿态。于是，我们看到了他的新作——《爱与黑暗的故事》，看到了他在米海尔和费玛两极之间的徘徊及超越。于是，他也就更加包容和博大了。

加莱亚诺的目光

　　乌拉圭作家加莱亚诺（Eduardo Galeano）是无数我近距离见过的拉美左翼知识分子之一。他身量魁伟，目光如炬。在前不久召开的第五届美洲国家首脑会议上，委内瑞拉总统查韦斯意味深长地将加莱亚诺的著作《拉丁美洲开放的血脉》亲手送给了美国总统奥巴马，从而引发了媒体的热议，并使这部隐居亚马逊网站排行榜6万名之后的作品迅速飙升至西班牙语类图书第一位、英语类图书第二位。这使得加莱亚诺名满天下。

　　然而，关注拉丁美洲的读者当不会对加莱亚诺感到陌生。他于1940年9月3日出生在乌拉圭首都蒙得维的亚的一个中产阶级家庭。他当过工人、邮差、打字员和银行出纳，20世纪60年代初期进入报界，并在时事周刊《前进报》供职。1973年，乌拉圭发生军事政变，他一度被捕入狱，而后被迫流亡阿根廷。1976年，阿根廷魏地拉将军发动政变，加莱亚诺再次登上政治黑名单，从而不得不逃离布宜诺斯艾利斯，赴西班牙避难。在这期间，《拉丁美洲开放的血脉》在乌拉圭、阿根廷和智利被列为禁书。十年以后，拉丁美洲的历史翻开了新的一页，加莱亚诺回到乌拉圭。但生活仍不平静，世界充满了新的矛盾和斗争。加莱亚诺于是以笔为枪，继续致力于新闻报道和文学创作。2005年，在查韦斯的倡导下，南美国家合资在加拉加斯成立了南方电视台，加莱亚诺被聘为顾问。2008年，加莱亚诺在蒙得维的亚接受南方共同市场授予的首个"荣誉公民"称号。

加莱亚诺著述颇丰，自1963年发表第一部文集《来日》至今，已出版各类散文、小说、政论、纪实和时事评论结集达30余种。其中，1964年的《中国》是他对新中国的礼赞，1975年的小说《我们的歌》和1978年的纪实文学《爱情与战争的日日夜夜》则双双获得古巴政府颁发的"美洲之家奖"。

其代表作《拉丁美洲开放的血脉》，又译《拉丁美洲：被切开的血管》（人民文学出版社，2001年），初版于1971年。适值拉丁美洲受到军人专制和新自由主义的双重压迫，南美诸国可谓外国资本横行，军事政变频仍。作品由两部分组成，第一部分为"地球的丰饶造成了人类的贫困"，阐述西方旧殖民体系如何凭借其坚船利炮对拉丁美洲实施瓜分与掠夺；第二部分为"发展是罹难者多于行者的航程"，批评新殖民体系如何通过自由贸易和跨国资本、技术手段等扼杀拉丁美洲的民族工业。正所谓弱国无外交，常有知识分子极而言之："可怜拉美，距上帝太远，离魔鬼太近"。30多年来，此书被先后翻译至30余种文字，已然成为拉丁美洲人文社会科学的经典。智利著名作家伊萨贝尔·阿连德称该书为"超级天才之作"；巴拉圭总统卢戈则盛赞"加莱亚诺发出的曾经是，现在仍然是拉丁美洲之声"，"他用历史的妙笔，蘸取永不褪色的希望之墨，描绘了拉丁美洲的百年孤独"。

进入21世纪后，加莱亚诺老当益壮，笔耕不辍。2004年，他以《时间之口》为题，抨击后工业时代的资本主义，并对"全球化"提出异议，认为"关于当今的全球化世界是一个地球村的说法，无异于一派胡言。对于资本而言，这个世界确实没有边界，但是对于每一人来说，它不仅是有边界的，而且处处壁垒森严。荒谬的是，人们愈来愈怯懦，愈来愈麻木不仁"。

最近两年，加莱亚诺又先后发表了题为《致未来先生的信》（2007）和《镜子：几乎世界史》（2008）两部著作。前者对世界未来充满了忧虑，被认为是第三世界对发达资本主义的又一次血泪控诉；后者是一部弱者的世界史，即所撷取的并非一般历史学家所关注的强者的故事，而是恰恰相反，即其中的主人公大都是"没有照片或画像、几乎无名无姓的普通人等"。

加莱亚诺的文字充满了政治和艺术的双重激情。在《致未来先生的信》中，他这样写道："我最尊敬的未来先生，我给您写信，并不是为了巴结您。您先生广受众生爱戴，但我却是个例外。就像和某个吉卜赛女郎邂逅，我要做的必定是撒腿逃跑，因为我生怕被她逮着小手并赋予诸如此类的残酷。""可是，神秘的先生，问题是我们正在丧失赖以生存的现时世界，强权者已经将它变成足球，他们用战火将它把玩，仿佛它是一枚手雷；贪婪者正在将它肆意挤压和吸吮，仿佛它是一个柠檬。这样下去，我怕这世界早晚变成太空中的一粒僵死的顽石，没有田地，没有水分，没有空气，没有生灵。"加莱亚诺于是向未来先生哀告："资本主义是野蛮的体制，它的罪行罄竹难书……"

除却众所周知的现实原因，加莱亚诺的思想明显秉承了20世纪二三十年代风行于拉丁美洲思想界、文学界的本土主义精神。曾几何时，相当一部分拉丁美洲知识分子将现代化与西欧或美国化混为一谈，提倡来者不拒。其主要理论依据是拉丁美洲的种族混杂和文化多元。在他们看来，混杂和多元使它具有得天独厚的"宇宙主义基因"。但是，拉丁美洲民族解放运动所催生的本土主义精神却认为宇宙主义（或世界主义）是无视拉丁美洲社会现实、无视弱者利益的神话。孰是孰非，尚无定论。然而，拉丁美洲几乎一直在这两种思潮及其衍生或裂变的意识形态的激烈交锋中，在两难选择中不断震荡、发展。如今，墨西哥 GDP 达到了世界前十，国民人均收入接近 15000 美元，城市化水平超过 70%；但两极分化以及跨国资本与民族利益、富有阶级和贫困阶层之间的矛盾正严重威胁她的未来。同样，拉丁美洲其他国家也不同程度地面临考验。以巴西为例，虽然就 GDP 而言，她已跻身世界前六，但收入分配严重不公，贫困人口占三分之一以上，基尼系数高达 0.6，而且社会矛盾同样尖锐并不断加剧，内战一触即发。这就为古巴和委内瑞拉等社会主义国家的存在提供了合理性与可能性，尽管她们远不足以抗衡强大的跨国资本主义。

　　自从 1980 年亲眼见到他，屈指算来已经过去了 29 个年头，但他的目光依然留在我的脑海。我可以忘却一位世界小姐的眼睛和微笑，却始终没能抹去他的目光。那是一种具有穿透力的目光。与它遭遇，没有人可以撒谎。这是我对它的第一印象，遗憾的是后来我再也没有见过它和它的主人。但愿他和它继续洞穿"距上帝远，和魔鬼近"的这方苦乐土地。

勒克莱齐奥的凉鞋

2006年，勒克莱齐奥先生的新作《乌拉尼亚》获中国外国文学学会和人民文学出版社联袂评选的"21世纪年度最佳外国小说奖"。嗣年，他接到评委会的邀请，兴致勃勃地表示将亲自来京领奖。然而，颁奖典礼因故延期至2008年1月28日，但勒克莱齐奥还是风尘仆仆地如期赶来了。典礼在北京华侨大厦举行。那天他穿了一双凉鞋或几乎凉鞋，理了一个类似于20世纪五六十年代流行于中国内地的"会计头"，在几可谓无人问津的情况下安静地坐在会场上，像个放下活计歇息的老农。媒体对他爱搭不理，同行中也少有认识他的。他忍受了相当不公的待遇。我不会记错，颁奖典礼前后请他签名的仅有我等极少数几个（两个？三个？）。好在人民文学出版社和中国外国文学学会法国文学研究会携手在京法语界为他举行了小小的座谈会，算是为我国读者挽回了一点面子。

可是，2008年他是幸运的。是年10月，他获得了诺贝尔文学奖。

　　老实说，阅读《乌拉尼亚》之前，我没有接触过勒克莱齐奥。但在我看来，就凭《乌拉尼亚》，他即无愧于任何奖项。小说写一个叫乌拉尼亚的印第安村落，那里的人们虽非茹毛饮血，却延续着刀耕火种的原始生活方式。后来，文明人闯入了他们的生活，于是天荒地老变成了日新月异，印第安人终于忍无可忍，他们选择了摩西般的迁徙。作品赋予印第安传统生活方式以理想色彩，让我想起曾经造访的墨西哥恰帕斯山区恰慕拉部落。2009年初夏，我有幸代表中国社会科学院外国文学研究所邀请他再次访华，他欣然应允并如约重返北京，其间我问他，"乌拉尼亚是不是恰慕拉？"他笑笑说，"差不多吧。"当时，他一仍其旧：顶着"会计头"，穿着凉鞋，而且是裸脚。一双农夫似的大脚彰显了他的憨厚。北京的媒体和读者这回倒是热忱非常，仿佛连气候都提前进入了仲夏。这与一年前的冷清适成反差，其情其形让我多少有些感到难为情。

　　勒克莱齐奥曾旅居墨西哥多年，他写《乌拉尼亚》是有的放矢。据我所知，有关印第安人未来的讨论从未停息。大多数西方学者出于现代性的反思与批判，倡导保护印第安部落的生存方式。勒克莱齐奥对此心知肚明。但我更倾向于认为，印第安人有权享受现代文明成果，西方，乃至美洲不少官方机构的所谓"保护"是站着说话不腰疼、饱汉不知饿汉饥。是不是该看电视、上网等等，当由印第安人自己说了算。反过来看，恰慕拉人哼哼唧唧跳大神似的表演早已成为旅游资源、文明佐料。而勒克莱齐奥的凉鞋每每让我想起印第安人的草鞋，同时还有19世纪浪漫派对印第安人的夸张和美化。当然，勒克莱齐奥是个有节制的冷静的书写者，他虚实相生的寓言式描摹终究把读者导向了矛盾的、没有结论的思考。

顺便提一句，"21世纪年度最佳外国小说奖"最初由时任人民文学出版社社长的聂震宁先生提议，于2000年启动，2001年获奖作品有《饭店世界》（英国）、《凯恩河》（美国）、《要短句，亲爱的》（法国）、《雷曼先生》（德国）、《无望的逃离》（俄罗斯）和《天空的皮肤》（墨西哥）。此后，每年一次，至今已过十届，获奖老外半百有余。除勒克莱齐奥外，另一位诺贝尔文学奖获得者大江健三郎曾以《优美的安娜贝尔·李寒彻颤栗早逝去》获得2008年度奖。对于他们，甚至大多数外国作家而言，奖励是象征性的，却饱含着中国学术界、出版界的尊重和立足当代、胸怀世界、从我出发、为我所用的拿来主义初衷。

巴尔加斯·略萨的激动

2011年6月，应中国社会科学院外国文学研究所、中国人民大学文学院等单位的邀请，秘鲁—西班牙作家巴尔加斯·略萨偕妻子帕特里西娅和长子阿尔瓦罗访问中国。一行三人先到上海，在上海与在沪中国同行、出版人等会晤后，于6月16日抵达北京。在京期间，他们除参加17日在中国社会科学院举办的演讲会和高峰论坛外，再未安排其他正式活动。也就是说，自16日至21日离京，巴尔加斯·略萨及其妻儿有整三天的时间可以浏览北京胜景。当然，因为拥有秘鲁—西班牙双重国籍，他免不了被上述两国使领馆和塞万提斯学院奉为上宾。18日下午，在参加了塞万提斯学院的一个庆祝活动后，我亲自驾车，陪他们一家三口去故宫参观。老友王亚民先生接待了我们。这次例行的参观没啥可说的，无非是叹为观止。我想告诉读者的是，巴尔加斯·略萨童心未泯，在前往故宫的路上突发奇想，想顺便到北京最繁华的地方去兜一圈。我几乎不假思索地想到了CBD，盖王府井无

跟巴尔加斯·略萨咬耳朵

法行车，长安街他又比较熟识（因为下榻在北京饭店）。于是我们走马观花，从朝阳门桥掉头，经东二环至三元桥右拐，然后直奔东三环，再由国贸进入长安街。一路上，他老人家欢呼雀跃，用手指指点点，就像当初布恩蒂亚家发现马孔多一样。

"瞧，这儿太漂亮啦！……"

我想他是由衷的，因为前一天我和劳马、阎连科等和他共进午餐时，他忽然宣布要让他的长孙女来华学中文，请劳马答应收留。劳马欣然同意了他的请求。如果说这一个插曲已由媒体广而告之，那么前一插曲却是首次披露，或可证明大作家竟也会孩子似的激动。

说到激动，我不由得联想起他与加西亚·马尔克斯的恩怨是非。有关情况媒体和研究界说来说去，莫衷一是。最近，研究家伊兰·斯塔文思在林建法、史国强等友人的陪同下到访外文所。对这位斯塔文思我早有耳闻，因此一见如故是套话。巧合的是他走过的学术之路与我这二十几年的所作所为惊人地相似。我们不谋而合，年轻时热衷于加西亚·马尔克斯和博尔赫斯，并不约而同地视他们为当代拉丁美洲文学的两极，而后我们又"同时"转向了塞万提斯。所谓同时当然是相对的，我痴长几岁，因此多少比他早出道几年，只是条件和能力所限，成果不及他多。另一点值得一提的是，我们以各自的方式，但几乎以同样的力度关注和介入本国文学。绕了一个巴尔加斯·略萨看 CBD 似的大圈，我想说的是，斯塔文思经过多年探赜索隐，终于揭开了马尔克斯 VS 略萨的那场拉美文坛"德比之战"。略萨小老马 9 岁，1975 年才39 岁，依然血气方刚，那天又恰好多喝了几杯，狭路相逢，分外眼红，二话没说冲着老马的左眼就是一拳。老马正待还手，说时迟那时快，周遭人等早就横亘在他俩之间了。斯塔文思说他的《马传 2》将披露两人公开反目的因由。这既不是先前普遍推测的胡莉娅姨妈，亦非帕特里西娅，更非马妻梅塞德斯而是另有其人——他们共同喜爱的一位姑娘。那么此人是谁呢？我们期待《马传2》的问世。话又说回来，除了争风吃醋，20世纪70年代中期的文学和政治转向其实已经使这对莫逆之交渐行渐远。

和加西亚·马尔克斯在一起

我第一次见到加西亚·马尔克斯是在 1989 年。当时他 62 岁，我刚过而立。他所在的圣安赫尔是墨西哥城的一个有名的富人区，许多小巷还保留着卵石路。各色卵石拼出的图案煞是令人流连。那儿还有他的一个干女儿，她当过影星，是很多名人的朋友。我就是在她家见到老马的。在此之前，墨西哥学员的汉学家白佩兰先生因与姆蒂斯熟识，也帮我联系过老马，却始终未能如愿。然而，见到老马的欣喜很快就被他的平易近人给冲淡了。第二次见到老马是在马德里，适逢《绑架轶闻》出版。时值 4 月 23 日世界图书日，联合国教科文组织之所以选择这个日子，是因为塞万提斯和莎士比亚都是在 1616 年 4 月 23 日去世的。按我国农历的说法是阳春三月，老马一脸风尘参加了《绑架轶闻》首发式。西班牙国王胡安·卡洛斯自掏腰包买了一本。我自然也不甘落后，但当天老马接受媒体采访时说到的一句话令我感到颇为难堪。他说他决不把版权卖给哥伦比亚和中国，称"这两个国家海盗猖獗"。老马其貌不扬,而且满嘴加勒比口音。听他那么一嚷嚷,我多少有些失望,因此觉得相形之下他的作品更可爱,也更可靠。这也是海涅的意思,海涅说作家之笔高于作家。

老马的童年人们已经说得很多,我还是从 1947 年说起吧。是年,马尔克斯离开老家,很不情愿地考入了波哥大国立大学法学院。然而,当律师是许多来自社会中下层青年梦寐以求的,而波哥大国立大学恰好是培养大律师的摇篮,可以说是名师云集。在马尔克斯的老师中,就有一位声望素著的人物:阿尔丰索·洛佩斯·米切尔森。此人讲授民法,后来还当了总统。他很看重马尔克斯,可马尔克斯不领情。"我明白,我最终毕不了业……我感到无比厌倦……我觉得民法比刑法更繁琐、更无聊。说实在的,无论对什么法,我都兴趣索然。读法律不是我的意愿……"原来,那完全是父亲的旨意,盖因法律被认为是步入上流社会的捷径。颠簸一生、穷困潦倒的父亲全指望孩子们了。但孩子们"不孝",一个个都令他失了望。马尔克斯入学不到一年,就辍学干起了新闻。新闻是什么东西?"19 世纪是文学世纪,20 世纪是传媒世纪"之类的时鲜妙论尚未进入一般人的听阈,而儿子放着好好的法律不读,偏要去当"耍笔杆子的乞丐",做父亲的怎么理解得了?

开始只是偶尔为之的、顽童似的逃学和旷课。转眼到1948年的春天，波哥大第七大道的咖啡馆里集结了几位文质彬彬的大"闲人"，其中就有马尔克斯和他的三位同窗。他们高谈阔论，天花乱坠，算是业余记者加文学票友。

是年，波哥大发生了一件震惊全国的大事：4月9日，前波哥大市市长、左派总统候选人埃利塞尔·加伊坦被人暗杀。顿时，朝野震惊，舆论哗然，波哥大陷入混乱，党派争端达到了白热化的程度。混乱持续了三天三夜，数千人死于非命，社会秩序遭到严重破坏。受此影响，波哥大国立大学被迫停课。整整几个星期，马尔克斯和波哥大的学生不是上街游行，就是聚集在总统府门前静坐、绝食。

校方对他的所作所为颇为恼火。可他总能找出一些理由来加以搪塞。他一会儿说自己得了肺结核，一会儿又称肝出了毛病或者肾有问题。然而，纸包不住火，事情总有败露的一天。于是，他只好假戏真做，到巴兰基利亚和卡塔赫纳开始了记者生涯并埋头文学创作。从此，马尔克斯一直背着"大不孝"的名声。只因为他没带个好头，弟弟妹妹们没一个"善始善终"的。玛尔戈特小学都没有毕业，而且终生未嫁；阿伊达只读到中学，后来又当了修女；恩里克从小是个淘气包，一辈子"没有出息"；埃尔南多学姐姐，想当教士，后来混了个消防队员；阿尔弗雷多自幼不听管束，后来染上的毒瘾，成了全家人的心病……

身处小城，哪有什么新闻？于是，只好自己挖空心思编故事，直至"海军走私事件"爆发。话说"卡尔塔斯号"军舰因走私家电超载沉没，军方和政府欲盖弥彰，被马尔克斯抖了个底朝天。独裁政府不堪打击，开始报复。马尔克斯被迫以特派记者的名义逃往欧洲。终于，军政当局查封了马尔克斯供职的《观察家报》，断了马尔克斯的后路。整整三年，他成了断线的风筝，在巴黎流浪，过着乞丐一样的生活。"我一文不名，既没有寻找工作所必需的证件，也没有一个熟人，更糟的是还不会讲法语，所以只好待在拉克鲁瓦先生的'佛兰德旅馆'的一个女佣或者妓女住过的廉价房间里干着急。肚子饿得实在挨不过去了，就出去捡一些空酒瓶或旧报纸，以换取面包。我在痛苦的期待和挣扎中奇迹般地活了下来。过后我才知道，许多拉丁美洲流浪汉即流亡者同处在捉襟见肘甚至饥寒交迫的境地之中。我们不谋而合，几乎都发现了这么一个秘密：肉骨头可以熬汤！买一小块牛排搭一大块骨头；牛排吃了，骨头不知要熬多少回汤。即便如此，我诅咒过那些肉铺。在我看来，所有开肉铺、开面包店或旅馆的，都是可恶的势利小人。现在不同了，他们对我和颜悦色、彬彬有礼。我思忖着，大概是因为我变了。当初我买一小块牛排是为了要一大块骨头，而今我只要肉，而且是上等的瘦肉！"多年以后，马尔克斯如是说。他常将自己比做塞万提斯，谓"楼上妓院，楼下酒馆"，憋出的是《没有人给他写信的上校》之类的无人问津。

　　由于马尔克斯实难付清长期拖欠的房租，1956 年底，"佛兰德旅馆"的老板只得自认倒霉，放他离去。离开拉克鲁瓦夫妇是因为马尔克斯时来运转，遇到了一位多情的西班牙女郎，并在她的照拂下度过了一段甜蜜浪漫的时光。许多年以后，马尔克斯成了诺贝尔家族的一员，却依然念念不忘"佛兰德旅馆"。在 90 年代的一个阳光明媚的周末，马尔克斯了却了两大心愿：赴巴黎看望青年时代的偶像嘉宝和曾经的"佛兰德旅馆"。物是人非，嘉宝老了，拉克鲁瓦先生不在了，唯有佛兰德旅馆一仍其旧。马尔克斯触景生情，给佛兰德太太开了一张大支票。佛兰德太太做梦也没有想到，站在面前的竟会是他。她谢绝了马尔克斯的补偿，说："就算是为文学做了件善事吧。佛兰德天上有知，也一定会因为曾经帮助过您而感到欣慰的。"

　　"《百年孤独》在马尔克斯构建的虚拟世界中达到了顶峰。这部小说整合并且超越了他以前的所有虚构，从而缔造

《百年孤独》中译本发布会

了一个极其丰饶的双重世界。它穷尽了世界，同时自我穷尽。从此往后，人们将很难像《百年孤独》那样徜徉于过去的幻想：重构过去的那些小说并达到完满的集成。《百年孤独》就是这样一种集成，它完完全全地吸纳了以往的虚构与幻想，同时赋予它们以新的内容并使之终古常新。于是，时空从初始到终结：谁又能超越这样一个集成之后又自行'毁灭'的世界呢？《百年孤独》是一部全小说，它用饕餮般的贪心创造了一个足以同现实世界抗衡的幻想世界，一样的生机勃勃，一样的广袤无垠，一样的繁复多姿。这种'完全'

首先体现于作品的多元品格。这种多元性又常常表现为一种并存或悖论：传统与现代、地方与宇宙、虚拟与现实。'完全'的另一个侧面是它的认同感，也即亲和力。它具有一种超凡拔俗的'真实性'，仿佛人物就在眼前，事物就在身边。人们可以从中得到不尽相同却必定极其巨大的认同感。无论是智者还是笨伯，潜心于文字、结构和象征的人还是满足于故事情节和浮光掠影的人，都能各得其所。当今世界的文学名著通常都是晦涩的、孤独的、颓废的，唯有《百年孤独》是一个奇异的例外。它是一部所有人都能读懂并且欣赏的当代文学巨著。"这是30多年前巴尔加斯·略萨在其博士论文《加夫列尔·加西亚·马尔克斯：弑神者的历史》中写下的一段文字。我想补充的是，《百年孤独》有点像《红楼梦》，是可以反复阅读的，而且不同的年龄和心境可以读出不同的意义。拿我自己为例，譬如年轻时我读出了他的集体无意识表征、他的新意，后来又读出了他的原始生命力崇拜、他的保守，等等。

时光不居，一晃30多年过去了。如今，马尔克斯和略萨这对曾经太亲而疏，乃至一度反目成仇的拉美文坛巨擘终于以一次历史性的合作，给过去的恩恩怨怨画了个句号：为纪念马尔克斯诞辰80周年、《百年孤独》和布恩蒂亚家族诞生

40周年，马尔克斯捐弃前嫌，通过共同的朋友诚邀略萨为其作序。于是，略萨投桃报李，在以《魔幻与神奇》为题的长篇序言中，几乎一字不差地重复了上述文字以及博士论文中关乎《百年孤独》的诸多热情洋溢的赞美。

帕慕克在十字路口

2008 年 5 月 21 日，应中国社会科学院外国文学研究所的邀请，帕慕克抵达北京。这是他第一次踏进我们的国土。因为一直生活在十字路口，因为无法选择东西，帕慕克表现出了矛盾与任性。这在他的诸多言行中流露出来，譬如闹个小别扭，拉个小脸子，不参加研讨会（理由是"既听不得别人恭维，也难以接受任何批评"）；或者走在前去某个座谈会的路上忽然突发奇想，要去博物馆看画展。然而，一旦走上演讲台，他不仅机智幽默，而且天生一副浪漫的忧伤。他的作品更是如此。

一

卡尔维诺在《为什么读经典》一书中说到，过去的那个凹凸不平的文化全景，就是海明威的脉络；而在海明威之前，则是另一位作家——司汤达。"这并不是武断的选择，"他说，"而是曾对司汤达表示钦佩的海明威自己暗示的。"司汤达的主人公大都处在理性主义的清醒与浪漫主义的激情之间。100年后，海明威的主人公竟奇怪地来到了同样的十字路口，即从启蒙运动老树干长出的各种技术主义哲学和由浪漫主义树干派生的虚无主义思想的交叉路口。我今天斗胆替卡尔维诺的这一个家族增添两名成员，一名是他的老祖宗塞万提斯，另一名便是他的新成员帕慕克，尽管事实上帕慕克先生所倾慕的老托尔斯泰、福楼拜、博尔赫斯等都可能是这个家族的成员。

话说帕慕克在东西、古今之双重十字路口游走，却清醒地认识到，他是在进行一场战争；尽管他几乎一开始就已明白，他不可能赢，因为他是一个人在进行战争，至少在伊斯坦布尔，他几乎是在孤军奋战，而且对手是隐形的、不可战胜的。此话得从他生于斯长于斯的伊斯坦布尔说起。记得一位朋友是这样描绘伊斯坦布尔的：有人告诉他，土耳其是传统与现代、东方与西方和谐统一的典范。那里的建筑风格、市民生活无不体现着这一特点。当然，后来他由衷地相信了这一点。在他看来，伊斯坦布尔不仅是一座历史悠久的古城，她还是华丽、迷人而又充满活力的现代都市。东正教堂和清真寺交相辉映，各色轮船在海面上游弋，川流不息的车辆在鹅卵石铺就的古旧街道上穿梭，汽车喇叭和各种叫

记不得帕慕克缘何如此开心矣

卖声、汽笛声汇成一片，构成一幅十分动人的三维图画，东方与西方、过去与现在融合于斯。于是，有人领周五为安息日，有人在周六做主祷，而基督徒则周日望弥撒。总之，上千年的拜占庭文化，数百年的奥斯曼帝国，加上更早和更新的因素，伊斯坦布尔是一座名副其实的多元化大都会。

这恐怕也是大多数外国游客和土耳其人的看法。然而，犹太先知所罗门说过："你要看，而且要看见。"这和中国古人所谓的"视而见之，见而察之"如出一辙。帕慕克便是一个"视而见之，见而察之"的明眼人，而且这眼是长在心里的。

　　然而，面对传统和现代、东方和西方这对时空交错的十字路口，帕慕克的内心充斥着怀旧感。这是一种近乎自虐的苦痛，随之而来的，或淡或浓，必定是无尽的忧伤。他的怀旧感甚至浸润于他无处不在的、强烈的自传意识中。

　　虽然怀旧感人皆有之，但未必所有人都会从文化的高度去发动一场战争，一场没有硝烟却充满忧伤的战争，而且几乎注定是孤军奋战。帕慕克在一篇题为《火灾与废墟》的散文中写道："我还不够年长，无法见证四周邻里燃烧与毁灭的历程；但我见过火灾是怎样摧毁最后一批木质宅邸的。它们大多在午夜发生，透着某种神秘……那时候，拆毁自己的旧屋，建造新式公寓楼，向世界展示你多富有、多现代，是违法的。直至由于梁柱年久失修、日渐腐朽，宅邸不再适合居住，人们方可搬出，也会得到允许将房屋拆毁。但有人为了加快这一过程，便撬开瓷砖，让木头曝露在雨雪之中。还有更快捷、更大胆的选择，那就是在无人察觉的夜晚，放一把火将其焚毁。因此，一度有传闻说，那些火灾都是看管这些古旧宅邸的园丁们纵火引起的。还有另一种说法，说它们在烧毁之前，就已被转卖给某某建筑商，而后者又指使他人将其付之一炬。"与此同时，"伊斯坦布尔的人口在很短的时间内，就从100万激增到了1000万。从上空俯瞰，你立刻就会明白，为什么家族的冲突、贪婪、过失以及自责都已于事无补。你会看到鳞次栉比的水泥军团，就像托尔斯泰《战争与和平》中的军队一样，一路掠劫所有宅邸、树木、花园，连动物也不放过，摧枯拉朽，势不可挡。你会看到巨大的力量不断推动沥青的蔓延，你会看到其足迹就在四周邻里扩散，步步逼近，比以往任何时候都迅捷。而你曾在那里度过了仿佛永恒的天堂般的岁月。研究一下城市地图或统计数字，看看这不可阻挡的运动轨迹，谁还会有期待？如果有人期待……那真该看看托尔斯泰。他对个人在历史上的作用是那么不抱希望。"

另一篇散文《关于〈我的名字叫红〉》是这样界定这部小说的：它"是对美、对忍耐、对托尔斯泰式的和谐、福楼拜式的敏感的憧憬。这是我从一开始就确定的想法。但同时我也表达了自己对残忍、卑劣、动荡和混乱生活的看法。我希望它成为一部经典；我希望这个国家的所有人都会去阅读它，每个人都会从中看到自己；我希望人们意识到历史的残酷，还有我们业已丧失的美丽家园"。

在《伊斯坦布尔》中，拉西姆的话作为题词出现，赫然写道："美景之美，在其忧伤。"（何佩桦译）确实，在别人看来，伊斯坦布尔是一座多元文化融合的和谐、美丽的城市；

而在帕慕克的心里，它却是在"呼愁"，是忧伤的代名词。

　　《我的名字叫红》一书则曲尽其妙地从历史的深度展示了两种文化的对峙与倾轧。故事发生在16世纪末的伊斯坦布尔，苏丹密令四位细密画画家制作一本伟大的图书，以颂扬他与他的帝国。于是，四位细密画画家分工合作，开始绘制这部旷世之作。此时，阔别家乡达12年之久的黑终于回到了伊斯坦布尔，而迎接他的除了表妹那犹疑的爱情，还有接踵而来的谋杀案……一位细密画画家失踪了，被人杀死在一口井中。不久，奉命为苏丹制作抄本的长者也惨遭杀害。遇害的画家究竟是死于同门夙仇还是爱情纠葛，人们不得而知。但它肯定与苏丹的密诏有关。苏丹要求宫廷绘画大师奥斯曼和奉命为画家们配字的黑在三天之内查出凶手，而线索可能就藏在那部未竟的图书当中。果然，小说为古老的细密画传统唱响了哀婉而充满感怀的挽歌，因为西方透视法的侵入宣告了古老细密画末日的来临（因此，大师奥斯曼戳瞎了自己的眼睛；而大师中的大师，伟大的贝赫扎德早在80年前就预见了今天，并光荣地刺瞎了自己的眼睛。他们的目的只有一个：永远地怀旧，以免任何人以任何方式强迫他们接受另一种风格）。

　　我由此想到了中国近现代文学史上的两位开风气之先

的里程碑式的人物。一位是王韬，另一位是鲁迅。前者基于中西、古今比较基础之上的维新，其实还没有开始，就宣告放弃了。这位被梁启超视为老师的晚清文人曾信誓旦旦地倡导西化，谓："易曰：穷则变，变则通。知天下事，未有久而不变者也。上古之天下，一变而为中古。中古之天下，一变而为三代。自祖龙崛起，兼并宇内，废封建而为郡县，焚书坑儒，三代礼乐典章制度，荡焉泯焉，无一存焉。三代之天下，至此而又一变。自汉以来，各代递嬗，征诛禅让，各有其局，虽疆域渐广，而登王会列屏藩者，不过东南洋诸岛国而已，此外无闻焉；自明季利玛窦入中国，始知有东西两半球，而海外诸国，有若棋布星罗；至今日，而泰西大小各国无不通和立约，叩关而求互市，举海外数十国悉聚于一中国之中，见所未见，闻所未闻，几于六合为一国，四海为一家；秦、汉以来之天下，至此而又一变。呜呼！至今日而欲辨天下事，必自欧洲始！以欧洲诸大国，为富强之纲领，制作之枢纽。舍此，无以师其长而成一变之道。中西同有舟，而彼则以轮船；中西同有车，而彼则以火车；中西同有驿递，而彼则以电音；中西同有火器，而彼之枪炮独精；中西同有备御，而彼之炮台水雷独擅其胜；中西同有陆兵水师，而彼之兵法独长。其他则彼之所考察，为我之所未知；彼之所讲求，为我之所不及。如是者直不可以偻指数。设我中国至此时而不一变，安能埒于欧洲诸大国，而与之比权量力也哉！"他进而说："今观中国之所长者无他，曰：因循也，苟且也，蒙蔽也，粉饰也，贪罔也，虚骄也。"于是他竭力倡导维新变革、移风易俗。但在甲午战争和洋务派失利之后，老年王韬转向了保守和怀旧，写下了一些不无矛盾的孤愤之作。用他自己的话说，他乃少为才子，壮为名士，晚为魁儒。何也？盖因随西风而来的还有大炮。同时，他的文学观素来保守，以至于除了博采街谈巷议，便是传写仙狐鬼怪，兼及风流才子、烟花粉黛。用鲁迅的话说是"狐鬼渐稀，而烟花粉黛之事盛矣"。用他自己的话说，是谓"博采群言，兼收并蓄"。

鲁迅则一味地站在历史的十字路口嬉笑怒骂。巧合的是，他的第一篇小说居然就称《怀旧》。1909 年夏，鲁迅从日本留学回国后荣归故里，供职于绍兴师范学堂。《怀旧》便是他在 1911 年辛亥革命期间用文言文写下的。他当年睡过的木床和用过的办公桌椅及茶几至今仍保存在他的故居。小说以讽刺的笔调，揭露了私塾腐儒对辛亥革命风暴的恐惧，以及他们摧残儿童身心的种种作为。类似的写法在鲁迅是一以贯之的，或可谓是对自王韬以来相当一部分中国文人怀古情愫的一次清算。必须指出的是他并不一概排斥怀旧。他有他的怀旧心，而所取的法并不妨碍他一往无前地相信未来，而且认为"人心很古"，甚至对"四书五经"一类的劳什子深恶痛绝。但另一方面，他又十分迷恋故乡粉墙黛瓦和铿锵社戏所包含的乡间记忆和民间风俗，还有秦砖汉瓦、残垣断壁之类的历史陈迹和原始碎片。相形之下，帕慕克的怀旧不仅是一贯的，而且几乎是全方位、全时空的，因为他感怀的是一个民族、一种文化的记忆。

莫言是这样评价《伊斯坦布尔》的："在天空中冷空气跟热空气交融会合的地方，必然会降下雨露；海洋里寒流和暖流交汇的地方会繁衍鱼类；人类社会多种文化碰撞，总是能产生出优秀的作家和优秀的作品。因此可以说，先有了伊斯坦布尔这座城市，然后才有了帕慕克。"这当然是毋庸置疑的。然而，我想加上一句，那就是"帕慕克因此而忧伤痛苦，因为他始终敏感地处在时间和空间的寒流与暖流、冷空气与热空气之间"。而他的作品则恰恰是以这些忧伤痛苦为代价的，或谓二者互为因果、相辅相成。

二

鲲西先生说怀旧是一种文化，是为了召回一种精神价值。至于什么样的精神价值，他没有说。我想必定是见仁见智的。从心理学角度看，20岁之后的人处在八个心理矛盾过程中的后三个，即亲密对孤独（20～24岁）、繁殖对停滞（25～65岁）、整合对失望（65岁以上），这三对矛盾刚好指向不同年龄阶段的怀旧心态。20～24岁侧重于对亲密时光即爱情的向往，25～65岁侧重于对青春与活力的感怀，而65岁以后则往往偏重对得失的检讨和生命的留恋。但这只是一概而论，它根本无法套用于帕慕克。从审美的角度看，怀旧是一种建立在想象基础之上的回忆，是受一定情感支配的，因而往往具有诗意和感伤特征。这倒比较符合帕慕克的创作机理，也是一切堂吉诃德式愁容骑士的共同机理。但是从历史的角度看，事物犹如时间，永远是淘汰性的。任何历史都不可能真正轮回、重复。一如过去的巫文化、傩文化、骑士文化等等，无论你如何眷恋，也是无可追回的记忆。大江东去，逝者如斯！那么来者呢？比如资本主义或者跨国资本主义，如果它不在西方率先崛起，也迟早会在世界上出现。但问题是历史无法假设。这才是帕慕克的不幸，也是所有第三世界明眼人的不幸。于是，帕慕克的怀旧便非常地具备了极大的普遍性：对现实、对未来的忧患意识。米兰·昆德拉反其道而言之，谓"成为未来主人的唯一理由就是改变过去"。

那么反过来流连过去呢？其结果也许只能是忧伤。

然而，怀旧的忧伤是值得的。英国诗人雪莱有诗为证：

> 你可忘记了过去？
>
> 它可颇有些幽灵，
>
> 会出来替它复仇！

近现代以来，我们国人的怀旧则总是同改革、同革命（从早先的"中学为体，西学为用"到后来的民主救国、科学救国，即德先生、赛先生）联系在一起的。我称之为中国式的轮回，中国式的钟摆。用古人的话说，这叫做进两步退一步或波浪式前行、螺旋形推进。这在王韬和鲁迅两位先人身上体现得十分明确。前者进两步退一步；而后者几乎是一往无前的，于是也便有了相应的反弹，即20世纪三四十年代的国学热。他和五四运动的一些作家、思想家，无疑是那阵国学热的矛头所向。而当下的阵阵怀旧风、复古波再一次确切地指向了这种中国式的轮回或钟摆。尽管从历史的维度看，其主要动因来自"文革"，或者说是对"文革"的矫枉；从现实的角度看，则更像是面对文化"全球化"的一种姿态，尽管它并不完全符合邓小平同志倡导的"摸着石头过河"的改革开放精神。回到卡尔维诺，他在另一部作品《未来千年文学备忘录》中写道，"在古埃及人那里，确切是用一根羽毛作为象征的：羽毛作为秤盘上的砝码用以测量灵魂"。这看起来很像是个悖论，但实际上却非常富有象征意义。盖因羽毛实在太轻，在古代度量技术相对落后的情况下，它的重量无疑是可以同无画等号的。这就使得它和看不见摸不着的灵魂具有某种等值效应。有人说卡尔维诺写备忘录是为了让人记住他。而在我看来，他只不过是在怀旧。所罗门谓一切新奇皆因忘却。虽然怀旧对于自己是一种熟悉化审美机理，对他人却往往相反。也就是说它更多的是一种陌生化效果。比如帕慕克，又比如我们眼前的莫言及其"红高粱家族"，甚至还有满眼的国学热和姨太太文化！尽管他们的价值取向相去甚远，但多少与怀旧有关。此外，无论原因如何，结果如何，怀旧在近代中国正呈现出颇具规律性的周期与循环。比如，从五四运动到第一轮国学热，中间隔了20多年；从"文革"结束到世纪之交恰好又隔了20多年，都是一代人的工夫。当然此国学热非彼国学热，因为历史永远不可能真正重复。它是今天小至个人情感诉求，大到民族乃至种族集体记忆得以传承的原动力，也是历史发展的需要。然而，和历史一样，所有的记忆都是一种再造。从这个意义上说，也许真正可以延续和重复的，唯有人的情感、民族的情感，通过怀旧，再造记忆，再造历史。

再回到"愁容骑士家族"的老祖宗塞万提斯，我认为他是幸福的，因为他的堂吉诃德是有明确的假想敌的。帕慕克先生的人物却没有。帕慕克先生甚至不像家族中的前辈司汤达、福楼拜和海明威，因为他流连的、选择的几乎始终是逝去的，且又不可能真正重复的历史或历史的记忆，而非两种存在之间的并行选择。从这个意义上说，他更像托尔斯泰和博尔赫斯，尤其是博尔赫斯。当然，帕慕克所揭示的不仅是怀旧。他是多面的，有时甚至是矛盾的，比如他也有图新的一面。于是，对于他的怀旧，我同样不无疑惑，即在多大程度上帕慕克的记忆及由此衍生的忧伤是真诚的、刻骨铭心的，而非任性，抑或作为文学主题的艺术的演绎。

又见大江，又见大江

8月23日，笔者和黄宝生先生、许金龙先生抵达东京。适逢第十一号台风在日本登陆。于是日本友人便戏称我们为"台风人"。第十一号台风虽不如我们想象的那样飞沙走石摧枯拉朽，却也是绵绵淫雨的令人扫兴。然而，奇怪的是我们驱车前往著名作家、诺贝尔文学奖获得者大江健三郎别墅时，天空竟开，太阳嬉皮笑脸地从云翳的高处探出头来，一路陪伴着我们。

大江先生早早地站在别墅外的林间小道上，没等我们的汽车停稳，便迎上来与我们握手寒暄。先生还是旧模样。他身着便装，清癯的脸上洋溢着诚笃的微笑。他热情地介绍了他的妻子和儿子，然后就滔滔不绝地回忆起2000年9月应中国社会科学院外国文学研究所之邀成功访问北京的情景。他记得北京一位网民的友善而坦诚的提问："大江先生，您为什么这么土？"也记得西单图书大厦的读者的热情包围和北京小胡同里的香甜的豆浆油条。当许金龙先生把《环球时报》

我见到的大江健三郎先生

编辑的一本《20世纪外国文学回顾》转赠与他时，他的脸上
更是漾起了激动。他多次表示，对北京的访问是他人生中最
幸福的时光。一年来，他利用一切机会宣传北京，用所见所
闻告诉日本人民：中国已经并正在发生巨大而积极的变化，
他在那里感受到了蓬勃向上的气氛和人们发自内心的友情，
看到了世界上最优秀的知识精英。此后，他还就日本右翼势
力篡改历史教科书这一事件谈了自己的看法。他认为这是日
本右翼势力无视历史的又一明证。为此，他曾在国会议事堂
举行大型记者招待会，当众抗议日本政府的错误行径，要求

日本政府正视历史，制止删改历史教科书的错误行为，真诚地向亚洲各国赔罪，以求得到亚洲人民的宽恕。

大江先生一边和我们说话，一边不时地将目光移向在客厅和餐厅之间听音乐的儿子大江光。大江光30多岁了，但智商相当于几岁的孩子，因此我也不由得把他当孩子看待。看到他以后，就一直有个念头徘徊在脑海里：艰难困苦，玉汝于成；我想，如果没有大江光，也许大江健三郎将不是眼前的大江健三郎。

目前，大江先生正在创作"东方版《堂吉诃德》"。我们真诚地希望先生的理想主义和他的这一个堂吉诃德可以创造"战胜风车"的奇迹。

三个小时似白驹过隙匆匆而去。大江夫人忙里忙外为我们准备了"中国包子"和各种小吃，并随时出来照拂儿子。她是经兄长介绍认识大江先生的，当时大江先生从四国考取东京大学文学系法文专业，没见过世面，被后来成为大舅子的同学告知"连眉女是最漂亮的"，而未来的太太当时恰好就是"连眉女"。大江先生声情并茂地回忆起当时的情形，可谓抚今追昔意犹未尽。同时，他为自己的中国之行、为自己成为中国社会科学院外国文学研究所名誉研究员而感到由衷的高兴。我们在恋恋不舍中走出大江先生的别墅。它和他的主人一样，显得那么朴质、那么敞亮。30 年前的旧烟囱、很不起眼的门牌及门前的参天大树和这种朴质、敞亮构成了大江家的独特风景。然而，它又何尝不是作家人生旅途的写照。

2001 年 8 月 27 日

  9 月 8 日，中国人民的好朋友、老朋友大江健三郎先生再一次来到北京。端的是物是人非，他明显老了，比五年前苍老了许多。我的这一感觉，在他第二天的演讲中得到了印证。他说："我已经是个老人，在思考未来的时候，对于也许不久的将来会离开人世的自己本身，并不做什么考虑，心里想得更多的是生活在将来的年轻人、他们的那个时代、他们的那个世界。我因此而深深忧虑。"这声音足以让人落泪。

  9 月 12 日，我们为他举办了作品研讨会。我在发言中是这么说的：大江的作品繁复多姿，很难用一两句话涵盖。但在我看来，解读大江的最好方式之一是关注文学与日本社会的关系。当然，这容易被人误解为"传统"，甚至被人误解为"庸俗社会学"。而事实上文学永远无法同社会存在完全割裂，也就是说永远无法同政治的、经济的、物质的存在完全割裂。在某种意义上说，文学是赖以产生的政治的、经济的、物质的存在的一面有色镜。大江的作品就是这样的一面有色镜子，其主要色彩则可以用我们通常所说的爱国（爱日本）主义来界定，尽管老爷子自己矢口否认。然而，一如鲁迅，大江一直充当着日本社会医生、民族医生的角色。这个角色有时不一定被人理解。尤其是在日本，由于狭隘民族主义的抬头，大江的为人为文甚至经常受到极大的曲解，有极端分子甚至骂大江是"卖国贼"。

与此同时，大江在艺术上充满了探索精神。比如他的近作《愁容童子》，是一部充满艺术激情的小说。作品富有自传色彩，旨在探索人生真谛和艺术真谛。"我的主人公为什么不愿继续住在东京这个中心地，而要到边缘地区的森林中去呢？也算是我的身份的这位主人公，是想要重新验证他自己创作出的作品世界中的根本性主题系列，更具体地说，就是乡愁中的每一部分。尤其想要弄清楚有关'童子'的一些问题。存在于本地民间传说中的这种'童子'，总是作为少年生活于森林深处，每当本地人遭遇危机之际，'童子'就会超越时间出现在现场，拯救那里的人们。"《愁容童子》中的主人公长江古义人如是说。古义人要写自传体小说，一部"童子"小说，或谓关乎"童子"的小说，而他的朋友罗兹则一直热衷于研究《堂吉诃德》。于是，古义人和堂吉诃德开始交织在一起。然而，古义人和堂吉诃德原本就是同一类人。

按照罗兹的说法，"每当我阅读《堂吉诃德》时，我感受最深的，就是那位乡绅年过五十还保持着那么强壮的体魄……而且，不论遭受多大的挫折，他都能在很短期间内恢复过来……古义人也是，一回到森林里就负了两次严重的外伤，却又很好地恢复过来，虽说受伤后改变了形状的耳朵恢复不了原先的模样……堂吉诃德也曾在三次冒险之旅中受伤，恢复不到原先状态的身体部分……有被削去的半边耳朵，还有几根肋骨。"事实上古义人也一直在思考同样的问题："我是DQ类型的少年吗？答案是NO！古义是DQ类型的幼儿，所以他能够成为飞往森林的'童子'。"于是，在古义人—堂吉诃德—童子之间出现了一种必然的联系，或者更确切地说是大江—古义人—堂吉诃德—童子之间出现了一种必然的联系。这种联系在小说中反复出现，并逐渐升华为主旋律。

我们知道，大江是外国文学科班出身，具体说来，他的专业是法国文学。因此法国文学对他影响深刻，尤其是存在主义。他青年时代几乎是在萨特存在主义的浸染下开始创作的。萨特关于文学介入社会的思想对大江创作思想的形成至为重要。当然，作为一个大作家，他的视野并未局限于法国文学，而是发散的，并且有直接，有间接，有潜移默化，因此很难说清。比如，中国文学像鲁迅，英国文学如艾略特，西班牙文学中的塞万提斯，拉美文学中的加西亚·马尔克斯、巴尔加斯·略萨、富恩特斯等等，都是他经常挂在嘴边的作家。比如，他在《愁容童子》中还援引了富恩特斯的话，而《堂吉诃德》则几乎是大江这部小说的一条主线。《愁容童子》正是沿着堂吉诃德的精神之路一步步展开的。从某种意义上说，大江是把自己（自己的主人公古义人）当作东方堂吉诃德来描写的。

9月15日，大江要回日本了。他来也匆匆，去也匆匆，但留下最可宝贵的真诚。望着他渐渐远去的背影，有人哭了。我想大江先生的此次访问非常成功，因为他再次感动了我们。这是他第五次踏上这片土地，他对中国人民、中国读者满怀情谊。他多次表示，日本人民只有与中国人民友好相处才有光明的前途。同时，我希望中国读者通过大江之行以及大江的作品可以更好地了解这位了不起的作家，了解日本民族、日本文化的不同侧面。

2006 年 9 月 15 日

索因卡问题

2012年10月28日，索因卡先生应中国社科院外文所之邀访问北京，因工作之便，我与他有过几次对谈。最重要的一次是在常熟。我说，记得索因卡先生说过，"自由"是您永恒的信仰。这是基于人道主义的绝对理想。由于时间关系，我不想一头扎进您的作品，只想就您作品所表现的反二元对立和文化相对主义向您请教一个问题：如果用"在场"理论来解析您在《死亡和国王的侍从》所表现的约鲁巴殉葬习俗，或谓传统，及至信仰，又当如何？当然，作家揭示问题、表现问题，人们不必苛求他解决问题。但我的问题是，索因卡先生您若在场，当如何面对约鲁巴人的殉葬习俗或传统或信仰？这显然是一种类似于假释的苛求。索因卡先生沉默许久，然后笑着摇了摇头。

由此想起了几起与宗教信仰有关的殉道。自1998年起，英国西敏寺（威斯敏斯特大教堂）西门门楣上就相继安置了十尊基督教信徒塑像。他们来自世界各地，不是古代的圣徒，而是在当代殉道者。自左到右分别是：

圣国柏（St. Maximilian Kolbe；1894～1941）：波兰方济各教士，1941年在奥斯维辛集中营代忍受死。

梅思默拉（Manche Masemola；1913～1928）：南非原住民少女，1928年因信基督教被亲生父母戕害。

鲁温（Janani Luwum；1922～1977）：乌干达圣公教大主教，1977年遭当局处决。

圣伊丽莎白（St. Elizabeth of Russia；1864～1918）：东正教徒，俄国皇族后裔，1918年遭处决。

马丁·路德·金（Martin Luther King, Jr.；1929～1968）：牧师，美国黑人民权领袖，1964年获得诺贝尔和平奖，1968年4月4日遇刺身亡。

若梅若（Oscar Romero；1917～1980）：天主教圣萨尔瓦多主教，因同情革命，于1980年遇刺身亡。

潘霍华（Dietrich Bonhoeffer；1906～1945）：德国信义宗神学家，1945年被纳粹处以绞刑。

以斯帖·约翰（Esther John；1929～1960）：巴基斯坦籍女信徒，因传播福音，于1960年遭人谋杀。

塔皮迪（Lucian Tapiede；1921～1942）：巴布亚新几内亚原住民，因帮助传教士传播教义，遭日军追杀，后于1942年

和索因卡在常熟

死于同胞之手。

　　王志明（Wang Zhiming；1907～1973）：基督教苗族牧师，"文革"期间遭受迫害，1973年身亡。

　　这些只是西敏寺所遴选的部分殉道者，类似惨剧不胜枚举。

　　两天以后，索因卡先生做出了令我惊异的回答。他说，"这就是我的问题。我要请我的读者，由所有读者来一起回答"。

　　呵呵，骑士他是有答案的，他的作品给出了他既保守又前卫的答案，但他把皮球踢给了我们！

也说文学奖

第九届茅盾文学奖落下帷幕。坊间议论多多，而我只想表达一点内心的感受，未必取悦听官。

首先，从"长篇"的角度看，除了贾平凹的《秦腔》《高兴》和《带灯》（我一直视其为"三部曲"），近年来最值得关注的便是格非的《江南三部曲》了。因此，后者获得本届茅奖是实至名归。我不止一次阅读了格非这三部作品，并已在评论、随笔中有所议论，这里就不重复了，只说两点：一是语言之讲究非同时期大多数小说家可比。三部作品的语言（当然还有情节）既连贯，又各具特色。现今文学语言简单化（却美其名曰"生活化"）、卡通化（却美其名曰"图文化"）、杂交化（却美其名曰"国际化"）、低俗化（却美其名曰"大众化"）等等，以及娱乐化和去经典化、去审美化、去传统化趋势在网络文化的裹挟下势不可挡。而语言无疑是我们最大的国本，是中华民族的最大传统，谓血脉固可，说基因也未尝不可。千万不要以为中文仅仅属于汉人，其实它是中华民族共同的创造、共同的语言。因此,语言对于小说家不仅仅是载体或工具,而且还应该是初衷或目的之一。今年"茅奖"获奖作品的一个共同特征似乎恰好是各自讲究而又鲜明的语言风格。王蒙的老到和机巧不必说,其他几位也各具特色。从价值理性或审美感性的角度看,我们可以偏爱这个或那个作家作品,但从语言的角度看,我服膺于这五位作家。二是格非三部曲的情节不同凡响。它们扬弃了格非早期作品的不乏抽象倾向的意象化表征,每一部都给人以审美享受,尽管有些情节或细节是写给审美理性的,有些则直接撞击我们的感情:像刺像花像烈酒。我们自然可以设身处地、感同身受,也可以以人度己,尽管不一定照单全收。同时,我要说苏童的《黄雀记》,它较之于《河岸》乃至《妻妾成群》等前期作品高出许多,尽管其中也有可资商榷的地方。比如,那个虔信宗教的女士是否必要、可信? 其存在故而就颇令一些读者觉得蹊跷。当然,文学艺术可以自立逻辑,这既是文艺的长处,但同时也可能为它增添软肋、带来麻烦,见仁见智故而在所难免,尤其是在这个言必称相对的"后现代"。而文学奖恰是一种必要的价值判断,其正负影响不言而喻。

其次,拿国外同类奖比附,诺贝尔文学奖所谓的"具有理想主义倾向的最佳作品"也每每让位于"对人类作出最大贡献的作家"。前者已然很难界定，后者就更令人莫衷一是了。文学家如何通过其作品为人类作出最大贡献？这实在太难界定了。因此，诺贝尔文学奖基本上是终身成就奖，尽管对这个成就的界定常常左右摇摆、不断变化，尽管瑞典学院经常表示将诺贝尔文学奖奖给××作家的××作品。那是另一个话题。

严格的作品奖不是不可能，也不是没有。国际上，作品奖大多取法双向匿名评审，一般是作家将手稿寄给（发给）评奖机构，评委会在盲评中遴选最佳作品，以简单多数票进行长名单删汰，两轮或几轮之后得票多者胜出。譬如，奖金丰厚的西班牙行星奖（奖金50万欧元）就是这样遴选的作品奖。而"茅奖"似乎既考虑作品，又观照作家；孰轻孰重则大抵尚未形成原则或共识。这恐怕是导致"茅奖"历届遴选规则有所偏侧的主要原因之一。我想，更加偏重声望或侧重作品，结果应该不尽相同，甚至完全不同。如是，从历届"茅奖"获奖作家作品的情况看，作家和作品的天平似乎有待规范、平衡。后者将有裨于确定"茅奖"的遴选方向，规避诸多不必要的误解与讹传。最简单的例子便是王蒙的《那边风景》。它本身是一部好作品，从题材到语言都别具一格，但只因为它是王蒙的作品，读者也便有了更高的期许。这对泰斗级老作家公平与否却是兀自催生的又一个问题。

再次，"茅奖"的评奖原则或标准，用作家协会的官方语言来说，是"坚持思想性与艺术性有机统一的原则。获奖作品应具有深刻的思想内涵，有利于倡导爱国主义、集体主义、社会主义的思想和精神；有利于倡导改革开放和现代化建设的思想和精神；有利于倡导民族团结、社会进步、人民幸福的思想和精神；有利于倡导用诚实劳动争取美好生活的思想和精神。对于深刻反映现实生活和人民主体地位、体现中国精神、弘扬社会主义核心价值观、书写中华民族伟大复兴中国梦的作品，尤应予以关注。应重视作品的艺术品位，鼓励题材、主题、风格的多样化，鼓励在继承中国优秀传统文化和借鉴外国优秀文化成果基础上的探索和创新，鼓励具有中国作风和中国气派、为人民大众所喜闻乐见的作品"。其内容之丰富显而易见，但这势必影响可操作性。诺奖一两句短语都被不断拉伸、延宕，遑论兹事体大。至于你说的现实主义观，其实也早被加洛蒂无边化了。当然，话说回来，就像好人坏人这样漫无边际的概念，每个人心里都还是有起码的度量衡的。这些度量衡的交叉部分也便成就了共识。大到民族认同，小至乡情家风，人人心里都有一本账，心照不宣罢了。因此，我想你说的现实主义主要指 19 世纪或人文主义现实主义，即直面现实，而且有立场、有观点的那种。至于如何表现，则是另一个话题。马克思认为"莎士比亚化"高于"席勒式"，而英国作家塞缪尔·约翰逊认为一流作家写人性，二流作家写现实，谓"只有表现一般的自然才能给人愉悦，也才能使愉悦长久……莎士比亚超越一切作家……他的人物不因地域风俗的改变而改变，放之四海而皆存"。反之，布莱克针锋相对，他的诘问是：一般自然，有这样的东西吗？一般原则，有这样的东西吗？一般人性，有这样的东西吗？他坚信只有特殊性、个别性才彰显价值。"一般性是白痴的东西"。这就是矛盾，也是文学及文学表现形式不可一概而论的一个例证。而《生命册》与《繁花》的区别也许恰恰就是约翰逊与布莱克的区别。前者其实是近年炙手可热的《平原三部曲》的收官之作。

　　诺贝尔文学奖有生百余年，奖金颇丰，自然是许多作家仰视的对象，其评选结果对世界文学的影响也有目共睹，尽管有限。说到我留学期间颇为关注的西语世界的塞万提斯奖和阿斯图里亚斯亲王奖，倒是颇有些感慨。先说塞万提斯奖，此奖历史不长，迄今正届"不惑"，但其所奖掖的作家却几乎囊括了西语世界的一流作家。用简要的话说，它是个终身成就奖，奖给健在的、有突出贡献的西班牙语作家。该奖曾有一个不成文的规定：不再颁给诺奖得主。因此，1977年诺奖得主阿莱克桑德雷·梅洛和1982年诺奖得主加西亚·马尔克斯都与该奖无缘。然而，为避免遗珠之憾，1995年该奖项破例颁给了1989年诺奖得主塞拉。然而的然而是，两年以后，加西亚·马尔克斯终又因婉拒该奖而被传为佳话。

阿斯图里亚斯亲王奖是以西班牙王储的封号命名的文学大奖。该奖于1981年创立，初设六个奖项，以表彰全世界在文学、艺术、社会科学、人文交流、国际协助、科学技术等方面做出杰出贡献的人士，并于1986年和1987年分别增设了和平促进奖与体育贡献奖。这是目前西班牙最具国际声望的学院奖。我们耳熟能详的作家如富恩特斯、巴尔加斯·略萨、多丽丝·莱辛、苏姗·桑塔格、菲利普·罗斯、阿莫斯·奥兹等均为该奖获得者，此外，J.K.罗琳因《哈里·波特》而摘取了该奖的人文传播奖项，因为她的人物进入全球儿童的脑海。

这两个奖的评委素以公平君子自诩，事实上也罕有"绯闻"传出。同时，人们对这些奖项也大都拥有"有则加冕，无则自勉"的平常心。是啊，好作家首先应该守护和仰望良知，这良知既有社会责任感和努力授人以玫瑰的心智，也有对艺术的孜孜追求。我这么说并不是要求作家、艺术家不食人间烟火，而是在市场和理想之间签订体面的、利人及己的契约，并努力守望之。当然，这很不容易做到、做好！

再说诺贝尔文学奖。众所周知，它的表彰对象是"最近一年来""在文学领域创作出具有理想倾向之最佳作品"的作家（偶尔兼及哲人、史家）。自 1901 年首次颁奖以来，除 1914 和 1940、1941、1942、1943 年因战争之故打烊小憩外，该奖项先后惠及百余位作家，其影响也逐渐从欧洲扩展至全球。

但是，撇开莫言、门罗、莫迪亚诺等少数几位，从新世纪获得诺贝尔文学奖的名单和他们的作品可以看出，一向表示拥抱理想主义的诺贝尔文学奖（以下简称诺奖）确实颁给了不少有着明显自由主义，甚至无政府主义倾向的作家。从 20 世纪 80 年代中后期开始，这种倾向便开始强烈地凸显出来。在这之前，譬如"冷战"时期，这个奖项也曾落到一些左翼知识分子身上，譬如萨特、聂鲁达、马尔克斯等等，从而体现出相对的包容性。当然，这种包容性和 20 世纪中叶西方知识分子的普遍"左"倾有关；同时，它并未因之而放弃眷顾苏联流亡作家。由是，我们有理由认为，诺奖的评选原则并非铁板一块，它具有鲜明时代特征和一定的政治倾向性。而"理想"之谓实在失之于宽泛。指向未来的乌托邦是理想主义，批判现实、否定存在即合理、认为人心不古也是理想主义；彰显个性的标新立异和拥抱风俗主义、地域主义是理想主义，追求最大公约数、奉行世界主义也是理想主义。如此等等，使我们难以一概而论。

老实说，除个别情况外，前十几年的诺奖得主中鲜有我心仪的。我不心仪或不那么心仪的获奖作家甚至一度包括我的研究对象巴尔加斯·略萨。他早年对专制、对贫穷和落后口诛笔伐，对穷困百姓怀有深切的同情；后来虽然在反独裁、反专制方面比较一贯，但明显站到了自由资本主义一边。再就是 20 世纪 80 年代以前，他的表达更为辩证，也经常兼顾地缘和文化差别，作品因而具有更大的包容性和穿透力，内容更为厚实、风格更为鲜明。这之后，他的自由主义倾向愈演愈烈，甚至常有拥抱极端个人主义的倾向，尽管跨入新世纪后情况有所改变。因此，我承认，他是一名善变的、童心未泯的伟大作家。

相对而言，我更喜欢勒克莱齐奥，因为他在很大程度上一直关心人类原生态文化，对一些非洲土著文化、拉丁美洲印第安文化也充满了感情。这种关心多元文化和弱势群体（民族）的心志值得尊敬。当然，对他所显示的世界主义色彩，我又不能不有所保留，盖因我们这个社会、这个世界毕竟还有阶级，而且弱肉强食的社会达尔文主义依然盛行。

　　总体说来，最近一二十年的获奖作家在艺术追求上（无论题材、主题、方法）具有相对一致的严肃性。但就个人审美和价值判断而言，我以为至少耶利内克、穆勒是被高估的。方家诸公，见仁见智，自有分说；读者看官恕我不揣浅陋和冒昧吧！

　　言多必失。上述观点已有失之偏颇，甚至过于武断之嫌，故而完全不足为凭、不足为信。于是，我只能把复杂的问题简单化。也罢，一家之言，无非聊表心迹，譬如献个木鱼，供人敲击。

　　然而，身在知名的文学研究机构，我又不能对诺奖视而不见。归根结底，它曾经是、依然是，而且在可以预见的未来仍将是世界文坛举足轻重的一个坐标、坐标一个。因为举足轻重，所以它多少具有引领风尚的功用。当然，出于个人信仰或国家意识形态等原因，曾有一些获奖者拒绝领奖，也有一些被奉为泰斗或定于一尊的作家与之失之交臂。前者有萨特和帕斯捷尔纳克，后者有托尔斯泰、乔伊斯、卡夫卡、博尔赫斯、鲁迅等等（这个名单几可无限延续）。有趣的是，萨特的拒奖理由居然是不愿"受到约束"，因为他"只想做个自由人"，言下之意是诺奖有严重的政治倾向性。他甚至扬言，"一个作家应该真诚地做人"。言下之意是那些兴高采烈接受诺奖的作家不够真诚？也许他只不过是想借此刺激一下先其获奖的加缪，却不小心一竿子打翻了一船人。可见问题并不那么简单。至于我们自己的作家鲁迅，这几年频繁来访的埃斯普马克先生就曾明确表示：鲁迅谦虚地谢绝了有关推荐。这早被史料所印证。鲁迅的谢绝理由更简单，即认为中国还没配得上这个奖赏的作家，又何必要那个虚荣！与此同时，瑞典文学院始终强调非政治标准。诚哉斯言？

顺言之，在过去的十几年间，我和我的同事们邀请了多位诺奖作家访华，也曾向瑞典文学院推荐过心仪的中外作家。在我所推荐的中国作家中，莫言是其中之一；而在所荐的外国作家中，我特别看好以色列作家奥兹。因为后者的民族和解意愿令人钦佩。他努力选择不偏激、不极端的"第三条道路"，并认为生活的智慧首先是教人妥协。但是智慧的奥兹迄今未能获奖，甚至还经常巴以两边不讨好、遭人诟病。我个人揣测，最终影响评选结果的，除了18位大评委（瑞典文学院全体院士，有时还因故不到18位）和5位终评委，欧洲王室、西方政要、历届诺奖得主的意见较为重要，而所谓知名学术机构和文学教授的意见也许只能权作参考，何况瑞典文学院常常还会有所偏侧地选择推荐者。这是我个人的看法，与瑞典文学院和评委会颁布的遴选条例相去甚远（或谓相反相成）。

　　然而，且不说意识形态和获奖者参差不齐的事实，这样一个奖项，上百年执着地拥抱和重视文学这个"无用之用"，在如此重物质、重实利的时代，不能不说是一个奇迹，其对文学的贡献不言而喻。这要感谢诺贝尔先生。然而的然而，它终究不是衡量文学的唯一标准。

　　如今，莫言得奖了，门罗得奖了，莫迪亚诺得奖了。以后还会有很多作家获此殊荣。这是瑞典文学院有意选择的平衡（地区或国别、语种和性别、体裁和内容，等等）。正因为如此，我选择了既不高估，也不低估这样一种评价。这是中庸之道。需要说明的是中庸并非原则的疏虞，而是尽可能中道辩证、客观公允、不偏不倚、进退中绳。单说在后现代主义解构风潮之后，理性主义和辩证法遭到了前所未有的重创，真理的客观性遭到了怀疑。从这个意义上讲，无论对于诺奖还是世界文学，莫言和门罗等人的获奖具有里程碑式的意义。它标志着诺奖的某种转向。这种转向对文学当不无裨益。首先，莫言的获奖使中国作家开始进入诺贝尔家族；其次，门罗的获奖多少意味着古典传统的复归；而再次，莫迪亚诺的历史观依然是我们面对未来的重要依据。

　　但最后我还是要说：全球化浪潮汹涌，世界一体化势不可挡。因此，在世界文学市场的天平上，理想主义未必拔得头筹，其结果便是村上春树战胜大江健三郎、郭敬明战胜莫言、阿特伍德战胜门罗、米索战胜莫迪亚诺……这毫无悬念。诺奖即使由衷地"淡化意识形态"，也必定在市场化面前回天乏术！更何况淡化一种意识形态必定意味着拥抱另一种意识形态，就像反政治也是政治一样。当然，这不影响我们研究诺奖，研究这些被它经典化的作家作品。他们是说不尽的，其丰富性和复杂性或可反过来佐证诺奖所呈现的妥协、平衡，及其诸多我们不得而知的努力。去掉排中律，诺奖多少也是文学钟摆效应及所蕴涵的无限丰富性和复杂性的一个有力见证。诚然，每年一个（最多两个）毕竟是大海捞针，偏颇和遗珠之憾在所难免，而后者或许恰恰是文学的有用与无用、继承与借鉴、守望与鼎新、写实与虚构、庄严与通俗、民族与世界等诸多因素梭动、碰撞、扬弃、化合过程中最可探讨的一环。因此，研究这个奖项的意义不仅在于奖项及其作家作品，而且必将由此及彼地对世界文学的昨天、今天和明天给出足资借鉴的不同方法与向度。

　　相形之下，"茅奖"和"鲁奖"都太年轻了。一方面，无论人为因素还是技术问题，皆在所难免；另一方面，不断改进和完善评奖规则有时比颁奖本身更重要。因为这其中既有导向问题，又有公信力问题。我个人认为这两个奖项总体上是有吸引力的，尽管疏漏确实不少。上届"茅奖"评审伊始，我曾建议评委实名制。原本那只是给作协有关领导的一个建议，不想被刊登在报上了（见《文艺报》2011年8月8日）。"鲁奖"也延续了实名制，但结果还是不尽如人意。这其中又牵涉到新的技术问题，譬如不以简单多数为取法，而是强调三分之二票数，这样一来势必要舍弃民主、拥抱集中。于是，本届"茅奖"又改回匿名制了。无论实名还是匿名，关键是原则明确、评审公正。但这又很不容易做到、做好！

鉴于本人只参加了其中几届"鲁奖"翻译奖项的评审，未曾参与"茅奖"工作，因此所言必如瞎子摸象，还是闭嘴为好。

最后想说的是，文学乃"无用之用"，但正因此，文学的作用又是多方位、多层次的。"兴、观、群、怨"，"熏、浸、刺、提"，"陶、熔、诱、掖"，都是文学的作用，潜移默化、润物无声，更是文学（当然还有艺术）无与伦比的妙处。总体上我赞成文学给人以温暖、以信心、以理想的观点。不过，文学（譬如悲剧）那种直击险恶人心、不堪现实、悲催命运的凉水浇背、入骨三分也是不可或缺的。关键在于你要出于善意，而非哗众取宠。

　　总的说来，有高原、少高峰依然是我国长篇小说创作的现状。随着文学市场化，尤其是文学市场全球化趋势的愈演愈烈，我国长篇小说创作面临的挑战触目惊心。这方面例证多多，譬如像《小时代》这样的作品，其消费主义倾向和世界主义审美令人疑惑；至于那些刻意虚无民族历史、否定爱国主义精神的作品，则更让人怀疑其用心了。我姑且援引美国中央情报局前局长杜勒斯针对中国的那番话作为结语："我们要从青少年抓起，要把主要的赌注押在青年身上，要让其变质……成为无耻之徒、庸人和世界主义者。"

本色文丛·名家散文随笔系列（柳鸣九主编）

第一辑

第二辑

第三辑

《散文季节》	赵　园/著
《美色有翅》	卞毓方/著
《行色》	龚　静/著
《秦淮河里的船》	施康强/著
《春天的残酷》	谢大光/著
《风景已远去》	李　辉/著
《好女人是一所学校》	梁晓声/著
《山野·命运·人生》	乐黛云/著

第四辑

《一片二片三四片》	钟叔河/著
《哲思边缘》	叶秀山/著
《心自闲室文录》	止　庵/著
《四面八方》	韩少功/著
《遥远的，不回头的》	边　芹/著
《向书而在》	陈众议/著
《蛇仙驾到》	徐　坤/著
《春深更著花》	江胜信/著